BLT
Mit der Welt
auf Buchfühlung

Antti Tuuri wurde 1944 in Kauhava geboren. Seit 1983 ist der studierte Diplomingenieur als Schriftsteller tätig. In Finnland wurden mehrere seiner zahlreichen Romane, die im Land Kultstatus genießen, verfilmt. Für den Roman *Pohjanmaa* erhielt Tuuri 1985 den Nordischen Literaturpreis, für *Lakeuden kutsu* 1997 den bedeutendsten finnischen Literaturpreis, den Finnlandia-Preis.

ANTTI TUURI

FÜNFZEHN METER NACH LINKS

Aus dem Finnischen von
Angela Plöger

BLT

B L T
Band 92 105

1. Auflage: Mai 2002

BLT ist ein Imprint der Verlagsgruppe Lübbe

Die finnische Originalausgabe erschien 1985 unter dem Titel
Viisitoista metriä vasempaa im Verlag Otava, Helsinki

Einbandgestaltung: Gisela Kullowatz
Titelfoto: René Durand
Autorenfoto: Irmeli Jung
Satz: hanseatenSatz-bremen, Bremen
Druck und Verarbeitung: Elsnerdruck, Berlin
Printed in Germany
ISBN 3-404-92105-4

Sie finden uns im Internet unter
http://www.luebbe.de

Der Preis dieses Bandes versteht sich einschließlich
der gesetzlichen Mehrwertsteuer.

1

Bevor meine Frau zur Arbeit ging, hatte sie mir zwischen Tür und Angel noch lange erklärt, was ich tagsüber erledigen sollte: einkaufen gehen und nicht vergessen, die Einkaufsliste mitzunehmen, die sie am Abend gemacht und mit Klebemasse am Pinnbrett in der Küche befestigt hatte, darauf achten, dass der Hund Wasser und Futter hatte, mit dem Hund rausgehen, das Geschirr aus der Spülmaschine nehmen, wenn das Programm zu Ende war, das schmutzige Geschirr in die Maschine packen und spülen, ein bisschen sauber machen, und wenn die Kinder aus der Schule kamen, ihnen Essen machen und Acht geben, dass sie aßen, und dann aufpassen, dass sie ihre Schularbeiten machten. Sie fuhr mit unserem Wagen zur Arbeit.

Als sie weg war, ging ich auf den Hof, eine rauchen. Es nieselte, ein kalter Ende-September-Regen, den der Wind über das Land und die entblätterten Bäume trieb. Die Wand des Reihenhauses gegenüber war nass, das Haus wirkte leer. Ich stand an der Wand unseres Hauses, rauchte und dachte nach. Von meinem Sommerurlaub waren noch zwei Wochen übrig, und die erschienen mir lang und endlos. Die Schule hatte Mitte August wieder angefangen, und meine Frau hatte ihren Urlaub schon im Juni genommen. Zu der Zeit hatte ich noch gearbeitet. Gearbeitet hatte ich auch im Juli und im August sowie Anfang September. Wir hatten ausgemacht, dass ich meinen Sommerurlaub Ende September und Anfang Oktober nehme, weil das meinen Arbeitskollegen in der Firma so am besten passte. Ich dachte an die Kollegen, deren Urlaub schon vorbei war, wie sie die Kunden anriefen und sich nett mit ihnen unterhielten, über Land fuhren, sie besuchten und ihre Provision verdienten.

Ich hörte in der Wohnung das Telefon klingeln, legte die Zigarette aufs Fensterbrett und lief hinein.

»Sand«, sagte ich in den Hörer. Es war meine Frau, die sagte, sie habe auf der Einkaufsliste das Geschirrspülmittel vergessen, und mich bat, es noch auf die Liste zu setzen. Ich versprach es. Sie legte auf. Draußen war die Zigarette vom Fensterbrett gefallen, nass geworden und ausgegangen, und ich steckte mir eine neue an. Als das Telefon drinnen erneut klingelte, begab ich mich im Nieselregen angelegentlich in die hintere Ecke des Hofes, wo ich vor einigen Jahren junge Weißdornsetzlinge eingepflanzt hatte. Mir schien, als wären sie den ganzen Sommer über nicht größer geworden. Ich bückte mich, um sie mir genauer anzusehen, bog das dürre Gras zur Seite und sah oberhalb der Erde, wo das Gras neben den Weißdornsetzlingen wuchs, ein weißes, schleimiges Gespinst, das wie Schimmel aussah und an den Setzlingen hochkroch. Wieder im Hause, ging ich ein Glas Wasser trinken: die letzten Züge aus der feuchten Zigarette hatten schon wirklich übel geschmeckt, und ich dachte, dass ich eines schönen Tages das Rauchen doch noch aufgeben würde, denn es war ein ungesundes und teures Hobby, eine eingefleischte Gewohnheit, die niemandem nutzte.

Ich setzte mich auf das Sofa im Wohnzimmer und versuchte, die Morgenzeitung zu lesen. Wieder klingelte das Telefon, und ich nahm den Hörer ab.

»Hier Saarelainen. Grüß dich«, sagte jemand am anderen Ende, eine Männerstimme, die ich nicht kannte. Ich versuchte mich zu erinnern, wer dieser Saarelainen war. Ich redete von allgemeinen Dingen, vom Wetter und davon, wie die Geschäfte gingen, damit Saarelainen nicht merkte, dass ich mich überhaupt nicht an ihn erinnerte. Ich fürchtete, er könnte beleidigt sein und nichts bestellen, falls er jemand war, der Rohre brauchte, ein Eisenwarenhändler, der zu meinem Bezirk gehörte, oder ein neuer Geschäftsführer.

»Du weißt wohl gar nicht mehr, wer ich bin«, sagte Saarelainen. Er hatte einen feinen Instinkt und hörte meine Unsicherheit heraus.

»Ich hab einen Auftrag für dich«, sagte er. Ich erzählte ihm, dass ich Urlaub hatte, und bat ihn, bei uns in der Firma anzurufen und dort seine Bestellung aufzugeben.

»Was für eine Bestellung?«, fragte Saarelainen.

»Das weiß ich doch nicht«, sagte ich.

Saarelainen erzählte, dass er meine Visitenkarte in seiner Schreibtischschublade gefunden habe, weil er die Angewohnheit besitze, immer alle Visitenkarten aufzubewahren, die er bekommt, denn die Leute in seinem Bekanntenkreis hätten kaum Visitenkarten. Er fragte, ob ich mich wirklich nicht daran erinnerte, wie wir uns auf dem Neujahrsempfang bei den Rantas kennen gelernt hatten.

»Du hast einen sehr guten Eindruck auf mich gemacht«, sagte Saarelainen. Ich sagte, dass ich keine Rantas kenne und mit Sicherheit letztes Jahr nicht auf dem Neujahrsempfang bei den Rantas gewesen sei. Ich erzählte, dass ich den letzten Neujahrstag zu Hause ganz im Kreis der Familie verbracht hätte, abgesehen von der Nacht, wo ich meine Tochter unter den Besuchern eines Rockkonzerts suchen musste, das die Stadt auf dem Parkplatz der Eishalle veranstaltete. Der Parkplatz sei damals voller grölender Jugendlicher gewesen: Meine Frau habe nicht schlafen können, weil unsere Tochter nicht nach Hause gekommen war, und mich losgeschickt, um sie aus dem Konzert zu holen. Das Mädchen habe sich erst gegen Morgen eingefunden. Sie habe erzählt, dass sie bei einer Klassenkameradin übernachtet habe. Die Klassenkameradin wohne dort in der Nähe, in der Sportstraße, die Busse seien nachts nicht gefahren und meine Tochter habe das Taxigeld sparen wollen. Meine Frau und ich hätten den Rest der Nacht nicht geschlafen und die Polizeireviere und Erste-Hilfe-Stationen der Krankenhäuser angerufen.

»Du hast doch immer dieselben Geschichten auf Lager, Eino«, sagte Saarelainen und forderte mich auf, ins Auto zu steigen und mich im Zentrum mit ihm zu treffen. Er wolle mit mir über eine Sache sprechen, die sich am Telefon schlecht erklären lasse. Ich sagte, dass meine Frau den Wagen genommen habe. Saarelainen verlangte, ich solle den Bus, den Nahverkehrszug, ein Taxi oder sonst ein Verkehrsmittel benutzen, von denen die Welt voll sei, sowie meinen Verstand.

»Ich glaube nicht, dass wir uns kennen«, sagte ich.

»Bist du denn nicht Eino Sand, der Handelsvertreter?«

»Der bin ich, aber ich kenne keinen Saarelainen.«

»Kennst du mich wirklich nicht?«, fragte Saarelainen verwundert.

»Bestimmt nicht.«

Saarelainen wollte das nicht glauben und erklärte, er habe doch ein Dutzend Bücher geschrieben in diesem Lande. Ich sagte, dass ich kaum Zeit hätte, Bücher zu lesen, entsann mich dann aber, den Namen und das Bild eines Saarelainen in einer Frauenzeitschrift gesehen zu haben. Das war so eine Eheschcidungsgeschichte, wie die Frauenzeitschriften sie bringen, in der Saarelainen und seine Frau sich über die Gründe ihrer Scheidung ausließen und versicherten, dass sie weiterhin gute Freunde seien: Auch für die Kinder sei die Scheidung die denkbar beste Lösung. Als ich das erzählte, schluchzte Saarelainen am Telefon und sagte, dass er seine Kinder sehr vermisse.

»Aber wir sind uns nie begegnet«, sagte ich.

»Doch, verdammt noch mal. Wo soll ich denn sonst deine Visitenkarte herhaben? Und ich erinnere mich gut an dich.«

»Wie seh ich denn aus?«, fragte ich.

»Na, so dicklich, entschuldige schon, so schlaffes Fleisch, weißte? An den Backen und am Bauch, und dann bist du ein sagenhafter Schwätzer.«

»Dunkel oder blond?«

»Blond. Oder so rotblond.«

»Das war Huttunen. Dieser verdammte Provinzler hat wieder auf irgendeiner Fete meine Visitenkarten verteilt«, sagte ich.

Saarelainen fragte, wo er Huttunen finden könne. Ich riet ihm, bei unserer Gesellschaft anzurufen, die Nummer sei auf meiner Visitenkarte. Saarelainen erzählte, er habe dort schon angerufen, aber man habe ihm mitgeteilt, dass ich auf Urlaub sei. Ich sagte, Huttunen sei nicht auf Urlaub, er habe im Juni Urlaub gemacht. Er sei in der Firma, falls er nicht in Installationsgeschäften im Lande herumsause.

»Wieso machst du denn mitten im Herbst Sommerurlaub?«, fragte Saarelainen.

»Nur so«, sagte ich.

»Ist das nicht Schwachsinn?«, fragte Saarelainen.

»Wieso?«

»Na, wenn man an unsere klimatischen Verhältnisse denkt.«
»Na ja, wenigstens gibt es nirgendwo Gedrängel«, sagte ich.
»An den Stränden, oder?«, fragte Saarelainen.
»Da auch nicht«, sagte ich.
Saarelainen wollte Huttunen ausfindig machen, und sei es in Kivennapa*, weil er jetzt einen Mann brauche, der sich aufs Verkaufen versteht. Nach Ansicht Saarelainens war Huttunen genau so ein Mann gewesen. Er fragte, ob ich wüsste, warum die großen Vertreter besser sind als die kleinen. Ich sagte, ich wüsste es.
»Die großen können dem Kunden besser ins Auge pinkeln«, sagte Saarelainen und lachte.
»Genau«, sagte ich. Ich wünschte ihm Glück im Leben und legte auf. Der Hund wollte hinaus und gleich wieder herein. Dann wollte er wieder raus. Ich öffnete ihm die Tür und machte ihn an der Laufleine fest und ließ ihn wieder frei. Er bellte wütend wegen etwas, das ich nicht begriff, und zerrte an der Leine. Gleich darauf fing er wieder an zu heulen und wollte herein. Drinnen schüttelte er sich im Wohnzimmer das Fell trocken. Ich wischte den Boden mit Küchenpapier auf. Nach einem prüfenden Blick auf den Himmel wurde mir klar, dass dieser Regen vielleicht niemals aufhören würde.

* Dorf auf der Karelischen Landenge, gehörte früher zu Finnland, heute zu Russland.

2

Ein paar Tage später rief Saarelainen wieder an. Er sagte, er wolle mich treffen, war aber nicht bereit, am Telefon über die Sache zu sprechen. Ich fuhr mit dem Bus in die Stadt und ging in das Restaurant, in das Saarelainen mich bestellt hatte. Unterwegs machte ich einen Abstecher in eine Buchhandlung, um mir auf einem der Schutzumschläge von Saarelainens Büchern ein Foto von ihm anzusehen.

Ich stand in der Tür der Bar und hielt Ausschau nach Saarelainen. Die Bar war rund, die Tische standen an den Wänden und im Raum, und mittendrin befand sich ein Springbrunnen, in dem nackte Knaben einen großen Hecht hielten. Ein Mann, der aussah wie Saarelainen, saß hinten an einem Tisch, der neben einem Klavier stand. Er war nicht allein. Ich ging an der Theke vorbei dorthin, wo Saarelainen und sein Freund saßen.

»Ich bin Sand«, sagte ich.

»Aha«, sagte Saarelainen. Er bat mich, am Tisch Platz zu nehmen und zu bestellen, worauf ich Lust hätte; jetzt würden wir über eine wichtige Angelegenheit beraten.

»Das hier ist Aulis. Aulis ist Verleger, aber nicht meiner«, sagte Saarelainen und wies mit dem Zeigefinger auf seinen Tischgenossen. Ich setzte mich. Saarelainen erzählte, dass Aulis nach dem Mittagessen im Restaurant geblieben und in die Bar gekommen sei, weil er ihn dort entdeckt hatte, dass er aber gleich verschwinden würde.

»Nicht meinetwegen«, sagte ich zu Aulis.

Saarelainen sagte, er habe Huttunen angerufen, aber der sei bis zu seinem nächsten Sommerurlaub unabkömmlich, und so lange könne Saarelainen nicht warten; er brauche jetzt einen Mann, der sich aufs Verkaufen verstehe und reisen könne.

»Wohin?«, fragte ich.

»Warte mal, bis der Aulis weg ist«, sagte Saarelainen.

»Ich verstehe«, sagte Aulis.

Saarelainen versuchte ihm klar zu machen, dass wir über seine beruflichen Angelegenheiten zu reden hätten, die Aulis nichts angingen. Aulis sagte, er hoffe, dass Saarelainens berufliche Angelegenheiten ihn eines Tages doch angingen: Die Türen seines Verlages stünden einem Schriftsteller wie Saarelainen stets offen. Er erhob sich, setzte sich aber wieder hin und sagte, dass er die Rechnung begleichen wolle. Saarelainen sagte, er werde seinen Anteil selbst bezahlen und Aulis' Whisky dazu. Das kam für Aulis gar nicht infrage, er als Verleger sei immer bereit, in die Literatur zu investieren. In seiner Gesellschaft brauche Saarelainen nichts zu bezahlen, nicht jetzt und auch in Zukunft nicht, und Saarelainen täte gut daran, sich das zu merken. Aulis rief so laut nach der Rechnung, dass es im Saal widerhallte. Der Kellner brachte sie. Aulis führte uns seine Kreditkartenbörse vor, die er von seiner

Bank geschenkt bekommen hatte. Darin steckte etwa ein Dutzend Kreditkarten fein säuberlich in einer Reihe. Beim Unterschreiben wollte ihm der Stift nicht gehorchen, und der Kellner musste ihm helfen.
Saarelainen stopfte Aulis die Quittungen in die Brusttasche; Aulis forderte Saarelainen auf, ins Restaurant Kosmos zu kommen, versprach, ihm Whisky, oder was Saarelainen auch immer wolle, zu spendieren, so viel er in sich hineinschütten könne, aber alle die anderen Schriftsteller, langweiligen Maler und eingebildeten Schauspieler, die auch an den Tisch kommen wollten, davonzujagen.
»Ich bin der Hirte, ich wähle die Lämmer aus«, sagte Aulis.
»Ich muss erst diese Sache erledigen«, sagte Saarelainen.
»Aber dann kommst du gleich nach. Das ist ein Befehl«, sagte Aulis.
Er verließ die Bar. Wir sahen zu, wie er ging. Es fiel ihm schwer, die Türöffnung in der Wand zu finden, und der Saalchef kam aus der Küche und führte ihn die Treppe hinauf.
»Aulis ist ein Renaissancefürst«, sagte Saarelainen.
»Warum zum Teufel verteilt dieser Huttunen meine Visitenkarten in der Stadt«, sagte ich.
»Er fand, das war ein guter Witz«, sagte Saarelainen.
»Ich finde das überhaupt nicht witzig«, sagte ich.
»Ich hätte in dieser Sache zu einem Vertreter wie Huttunen mehr Zutrauen gehabt«, sagte Saarelainen.

Darauf wusste ich nichts zu erwidern. Der Kellner kam und fragte nach unseren Wünschen, und Saarelainen legte mir nahe, ein Bier zu nehmen. Ich nahm eins.

Jetzt erzählte Saarelainen, wofür er einen Vertreter brauchte: Sein Verleger hatte vor drei Jahren mit einem deutschen Verlag einen Vertrag geschlossen, aufgrund dessen ein Band seiner Erzählungen ins Deutsche übersetzt worden war. Der hatte an die Deutschen verkauft werden sollen, aber sie hatten kein Interesse daran gezeigt, oder, wie Saarelainen argwöhnte, das Buch war nicht richtig vermarktet worden. In drei Jahren waren insgesamt nur zweiundsiebzig Stück verkauft worden. Die restlichen Bücher hatte der Verleger an Saarelainen geschickt, an die dreitausend Bände, und er hatte sie für zwanzig Pfennig das Kilo gekauft.

»Sprichst du Deutsch?«, fragte Saarelainen.

»Ain pisjen«, sagte ich.

»Ob das ausreichen wird?«

»Wofür?«, fragte ich.

Saarelainen erzählte mir von seiner Idee, die Bücher selbst an die Deutschen zu verkaufen. In Deutschland, diesem Land von fünfzig Millionen Menschen, gebe es bestimmt eine Nachfrage, wenn man es nur richtig anstellte, sie ausfindig zu machen.

»Die haben die Bücher in irgendeinem Eckregal der Buchhandlung verstauben lassen. So kann doch kein Käufer sie finden«, sagte Saarelainen. Ich sollte jetzt nach Deutschland fahren und die Verkaufsstellen ausfindig machen, in denen sich die Ware absetzen ließe. Das sei wohl mühevoll, aber ich würde für meine Mühe eine angemessene Entschädigung erhalten. Wenn man für die Bücher einen richtigen Preis machte und nicht sinnlos Geld für die Verkaufsförderung verpulverte, würden wir beide einen anständigen Batzen D-Mark in der Hand behalten; mit etwas Glück würde ich alle dreitausend Bücher in einigen Buchhandlungen oder Warenhäusern unterbringen, und ich brauchte mich nicht länger als ein paar Tage in Deutschland aufzuhalten.

»Kannst du dir einen schöneren Sommerurlaub vorstellen? Fährst in Deutschland gemütlich die Autobahnen entlang und verbringst deine Nächte im Hotel«, sagte Saarelainen.

»Ich hab keine Ahnung, wie man Bücher verkauft«, sagte ich.

»Was macht das schon.«

»Ich habe mein Leben lang LVI-Rohre an Eisenwarenhändler und an die Industrie verkauft«, sagte ich. Saarelainen fand, dass das keine große Rolle spiele; das Wichtigste seien Verkaufsgeist und unermüdliche Energie. Er habe mich deshalb angerufen, weil er mich für Huttunen hielt und von ihm den Eindruck hatte, er würde verkaufen, was man ihm zu verkaufen gab, und zwar zu einem anständigen Preis. Seiner Ansicht nach war ich für einen Vertreter zu mager und sah zu traurig aus. Er fand, ein Vertreter sollte etwas untersetzt sein, pausenlos erzählen, und zwar lustige Geschichten, über die die Leute lachten, und er sollte eine Schwäche für Alkohol und Frauen haben.

»Die Frauen müssen den Eindruck haben, dass ihm jede recht ist, die einen Rock anhat und atmet«, sagte Saarelainen.

»Solche Männer gibt es auch«, sagte ich.

»Ich mein das ja nicht so, dass du nicht auch deine Arbeit machtest«, sagte Saarelainen.

Ich sagte, ich würde nach Hause fahren, wenn Saarelainen finde, dass ich nicht der richtige Mann sei, um seine Bücher an die Deutschen zu verkaufen. Saarelainen sagte, ich solle mein Bier austrinken. Er habe sich trotzdem gefreut, mich kennen zu lernen. Sein Beruf habe den Nachteil, dass er einen viel zu häufig mit Leuten der eigenen Sparte zusammenführe; da wollten sich solche Erfahrungen, wie ein Schriftsteller sie brauche, um seine Bücher schreiben zu können, nicht so recht einstellen. Deshalb habe er viele Geschichten in Schriftstellerkreisen ansiedeln müssen.

Saarelainen bezahlte die Rechnung in bar. Wir brachen auf. Ich kramte aus meiner Brieftasche eine Visitenkarte hervor und wollte sie Saarelainen geben, aber er sagte, er habe schon eine. Der Türsteher half uns in die Mäntel. Draußen regnete es, ich ging mit Saarelainen bis Ecke Mannerheimweg. An der Ecke verabschiedeten wir uns, und Saarelainen wartete darauf, dass die Ampel umsprang.

Ich ging in Richtung Post, der Bus fuhr von der Hauptpost ab. An der Endhaltestelle wartete eine lange

Schlange von Frauen, und alle trugen Plastiktüten in der Hand. Der Fahrer öffnete die Tür des Busses erst wenige Minuten vor der Abfahrt. Wir mussten im Regen stehen. Mit den nassen Leuten kam ein muffiger Geruch nach alten Kleidern und Tabak in den Bus. Alle Plätze waren besetzt, noch bevor ich in den Bus gelangte, und so musste ich bis zu meiner Haltestelle stehen.
Zu Hause fragte meine Frau, wo ich gewesen sei. Zuerst glaubte sie mir nicht, dass ich den Schriftsteller Saarelainen getroffen hatte. Sie wusste viele ungute Einzelheiten aus seinem Leben, die sie aus Frauenzeitschriften hatte, und glaubte nicht, dass Saarelainen der richtige Umgang für mich wäre.

3

Ein paar Tage später rief Saarelainen mich zu Hause an. Ich war gerade dabei, Wäsche zu sortieren.
»Was macht der Sommerurlaub?«, fragte er.
»Ein Tag nach dem andern vergeht«, sagte ich.
Saarelainen erzählte, dass er dieser Tage versucht habe, einen Mann zu finden, der nach Deutschland fahren und die Bücher verkaufen könnte, aber solche Männer waren jetzt anscheinend knapp, weil jeder seinen Urlaub hinter sich hatte und alle Vertreter mit ihrer eigenen Arbeit genug zu tun hatten. Außer mir

hatte Saarelainen nur noch zwei Vertreter gefunden, die frei waren, aber beide waren schon so schwer alkoholisiert, dass Saarelainen es nicht gewagt hatte, ihnen seine Bücher und seinen Transporter anzuvertrauen, mit dem es galt, nach Deutschland zu fahren und dort die Autobahnen abzuhobeln. Außerdem musste der eine von diesen Vertretern gerade seinen Führerschein trocknen lassen.

»Also muss ich jetzt dich nehmen«, sagte Saarelainen.

»Danke für das Vertrauen«, sagte ich.

Saarelainen versprach vorbeizukommen und fragte, ob ich zu Hause sein würde. Ich fragte zurück, wohin ich denn wohl entwischen sollte, auch sei ich gerade dabei, die Wäsche zu sortieren. Wenn ich damit fertig wäre, würde ich sie bei den Temperaturen waschen, die die verschiedenen Textilien jeweils erforderten. Ich hätte kalkuliert, dass ich heute noch drei Waschgänge schaffen, die Wäsche im Tümmler trocknen und die Sachen bügeln könnte, die gebügelt werden mussten; damit würde ich den ganzen Tag zu tun haben, denn ich hatte mit der Wäsche keine Routine und musste jedes Kleidungsstück lange untersuchen, um die Waschanleitung zu finden.

Als Saarelainen an der Tür klingelte, stürzte der Hund bellend zum Eingang. Ich öffnete und warnte Saarelainen vor dem Hund, der zubeißen konnte, wenn man ihn unvermittelt streichelte. Saarelainen sagte, er kenne sich mit Hunden aus und könne mit ihnen umgehen. Er wollte den Hund am Kopf tätscheln, aber der knurrte und schnappte nach seiner Hand, sodass eine blutende Wunde zurückblieb. Ich holte aus der Hausapotheke ein Pflaster und klebte es Saarelainen auf die Wunde, der überlegte, wann er die letzte Impfung gegen Wundstarrkrampf bekommen hatte und ob sie noch wirksam war. Die Wunde war nicht tief, nur ein Kratzer, und Saarelainen erklärte, es sei ungeschickt gewesen von ihm, einen fremden Hund am Kopf streicheln zu wollen: Der habe gedacht, man wolle ihn schlagen, und habe sich verteidigt. Der Hund knurrte und bellte und fletschte Saarelainen so lange an, bis ich ihn draußen an die Laufleine legte. Auch dort noch bellte er, sprang gegen die Tür und kläffte die Vorübergehenden an.

»Das ist ein komischer Hund, weil er nur meiner Frau gehorcht«, sagte ich.

»Im Allgemeinen gehorcht der Hund dem Hausherrn«, sagte Saarelainen.

»Dies ist eine Ausnahme«, sagte ich.

Ich bat Saarelainen ins Wohnzimmer und bot ihm Platz an. Er setzte sich und hielt sich die Hand. Dann fragte er, ob er rauchen dürfe, steckte sich aber keine Zigarette an, als ich erzählte, dass meine Frau das Rauchen im Hause verboten habe; davon würden die Zimmer nach Rauch stinken. Ich sagte, Saarelainen könne ja draußen rauchen oder aber direkt am Kamin. Wenn ich die Rauchabzugsklappe im Kamin öffnete, würde der Rauch abziehen und die Zimmer nicht verstänkern.

»Möchtest du einen Kaffee?«, fragte ich.
Saarelainen sagte, dass er nie Kaffee trinke, sein Magen vertrage ihn nicht. Ich bedauerte, dass keinerlei alkoholische Getränke im Hause waren, die ich dem Schriftsteller hätte anbieten können. Ich erzählte, dass wir keinen Alkohol mehr im Hause haben könnten, seit meine Tochter im Teenageralter war und zu Hause Partys veranstaltete. Bei den beiden ersten Malen hätten die Freunde meiner Tochter die Flaschen gefunden und all meinen Schnaps ausgetrunken, viel kaputtgemacht und alles beschmutzt. Die Nachbarn hätten die Polizei gerufen, denn meine Frau und ich hatten nicht zu Hause bleiben dürfen. Ich sagte, dass ich gar nicht wagte, mir auszumalen, was auf diesen Partys sonst noch passiert war.
»Das kann man sich doch vorstellen«, sagte Saarelainen.
Er bat mich, Tee zu kochen; an so einem kalten, regnerischen Herbsttag, wo der Wind die letzten Blätter von den Bäumen riss, sei ein heißer Tee für uns das richtige Getränk. Außerdem passe er gut zu den Beratungen, in die wir sogleich einsteigen würden, denn Tee sei das Getränk der Diplomaten, und solche Fertigkeiten würden wir gleich brauchen.
Ich stellte das Teegeschirr auf den Esstisch, der Hund draußen bellte pausenlos, zerrte an seiner Laufleine und beargwöhnte die Passanten. Die Nachbarsfrau rief etwas von der Treppe des gegenüberliegenden Reihenhauses herüber und fuchtelte mit dem Besen in

Richtung auf den Hund. Davon wurde das Bellen nicht leiser. Saarelainen vermutete, dass unser Hund nicht gut erzogen war.

»Mit der Erziehung ist es tatsächlich nicht weit her«, sagte ich.

Saarelainen erzählte, dass sich die Bücher in dem Transporter befänden, den er auf unserem Parkplatz abgestellt habe. Die Bücher seien zu je hundert Stück in sauberen Kartons verpackt, und die Papiere dazu befänden sich im Handschuhfach des Wagens. Von ihm aus sei alles in Ordnung, das Schiff gehe am Abend.

»Einen gültigen Pass hast du ja wohl?«, fragte er.

»Das kommt ein bisschen plötzlich«, sagte ich.

Saarelainen erinnerte mich daran, dass ich schon seit einer Woche von der Sache wüsste. Das sei Zeit genug, um den Auftrag gründlich zu bedenken; wenn ich nicht in der Lage sei, in dieser Zeit einen Entschluss zu fassen, würde auch eine zusätzliche Bedenkzeit kaum etwas nützen. Ich erinnerte mich, dass es nach dem letzten Gespräch nichts zu bedenken gegeben hatte.

Wir gingen hinaus auf den Parkplatz und besahen uns Saarelainens Wagen. Ich sagte, der sehe nicht gerade aus wie frisch verkorkt, aber Saarelainen meinte, dass er eine Fahrt durch Deutschland noch gut mitmachen würde, wenn ich anständig und wie ein Mensch führe und auf der Autobahn nicht das Letzte aus ihm herausholte. Außerdem sei das ein deutscher Wagen, und im Bedarfsfall gebe es in jeder Dorfwerkstatt Ersatzteile und ebenso Mechaniker, die die Reparatur ausführen könnten.

Saarelainen öffnete die Seitentür und zeigte mir die Bücherkartons. Sie füllten den gesamten Laderaum des Wagens. Saarelainen riss einen Karton auf und nahm ein Buch heraus. Es war ein Bändchen mit rotem Einband, und auf dem Deckel stand Saarelainens Name und der Titel des Buches.

»Fünfzehn Meter nach links«, las ich.

»Das ist der Titel des Buches. So heißt eine Erzählung in der Sammlung. Die Deutschen in Finnland fanden, das sei ein guter Titel, die, die ihn übersetzt haben«, erklärte Saarelainen.

»Was wird da erzählt?«, fragte ich.

»Was wird in solchen Geschichten schon erzählt? Das ist nicht so leicht zu erklären«, sagte Saarelainen.

»Ich dachte nur, dass es für mich vielleicht gut wäre, das zu wissen. Falls ein Käufer fragt«, sagte ich.

Saarelainen glaubte jedoch nicht, dass die Buchhändler oder die Einkaufsleiter der Warenhäuser sich für den Inhalt der einzelnen Erzählungen interessierten. Ich sollte nur sagen, dass es sich um ein finnisches Buch handle, und von der Exotik des Nordens, von unserer außenpolitischen Sonderstellung in der Achselhöhle des großen Bären und von den deutsch-finnischen Beziehungen sprechen, die fast immer ausgezeichnet gewesen waren, und dass selbst dann, als es zum Knatsch kam, dieser nur kurze Zeit gedauert habe und aus einer Zwangslage entstanden sei.

»Und du kannst das Buch ja unterwegs auf dem Schiff lesen. Das frischt deine Sprachkenntnisse auf«, sagte Saarelainen.

Wir gingen hinein. Ich schenkte Tee nach und röstete für Saarelainen Brot im Toaster. Saarelainen strich sich Butter und Honig aufs Brot. Er sagte, dass er kaum Mittag esse, weil das dick mache, aber zwei Scheiben Toastbrot und einige Tassen Tee gäben ihm die Energiemenge, die ein Mensch mit sitzender Tätigkeit zum Leben braucht, während zu reichliche Nahrung müde, dick und träge mache, und ein dicker Mensch sei nicht zu den geistigen Anstrengungen fähig, die seine Arbeit ihm täglich abverlange.

Ich sagte, dass ich es mir noch überlegen wolle, ob ich nach Deutschland führe, ich hätte meiner Frau nichts davon gesagt, und es könne doch sein, dass sie andere Pläne habe. Saarelainen fand, dass jetzt die Zeit des Überlegens vorbei sei; ich brauche nur den Pass aus der Kommodenschublade zu holen, Sachen für zwei Wochen in den Koffer zu packen und nach Katajanokka zum Finnjetkai zu fahren.

Ich rief meine Frau an. Sie untersagte mir strengstens zu fahren, sie war bei der Haushaltsplanung davon ausgegangen, dass ich auch für den Rest des Urlaubs zu Hause sein und zur Verfügung stehen würde. Ich sprach lange und nett mit ihr. Sie verlangte, ich solle wenigstens einen schriftlichen Vertrag mit Saarelainen schließen und vor allem mit ihm vereinbaren, wer die Arbeitgeberanteile zur Rentenversicherung, die Unfallversicherung, das Urlaubsgeld und die Sozialabgaben zahlte. Im Ausland könnten auch solche Unfälle passieren, die durch meine Lebensversicherung nicht abgedeckt würden; ich solle eine Versicherung abschließen, die ihr im Falle meines Todes eine Witwenrente garantieren, die möglichen Überführungskosten der Leiche decken und bei kleineren Unfällen die Krankenhauskosten übernehmen würde. Meine Frau trug mir auf, all diese Punkte mit Saarelainen genau abzuklären, bevor ich ihm zusagte.

»Nein, also hör mal, das machen wir schwarz«, sagte Saarelainen, als ich die Sache mit dem Vertrag zur Sprache brachte.

»Dann kann ich nicht fahren«, sagte ich.

»Nun mach doch keinen Quatsch«, sagte Saarelainen.

Die Kinder kamen aus der Schule, setzten sich hin und betrachteten Saarelainen; sie sagten, der Lehrer habe schon mal von ihm gesprochen. Saarelainen erzählte ihnen, dass er in seiner Jugend mit einem finnischen Heringsfänger in den Gewässern bei Island gewesen sei und dafür gesorgt habe, dass die Finnen frischen Islandhering auf den Tisch bekamen und wie schwer Anfang der sechziger Jahre die Arbeit auf einem Heringsfänger gewesen sei. Ich sah den Kindern an, dass sie ihm kein Wort glaubten.

Saarelainen erzählte noch, dass er als junger Mann im Wald Brennholz gehackt und sich damit seinen Lebensunterhalt verdient habe und wie er eine Holzmiete nach der andern aufgeschichtet habe, so jung und tüchtig wie er damals gewesen sei, und wie er sich einmal an einem frostigen Februartag mit der Axt ins Bein gehackt habe und fünfzehn Kilometer durch unberührten Schnee zum nächsten Haus kriechen musste, um Hilfe zu bekommen.

»Meine beiden Stiefel waren voll von gefrorenem Blut, als ich in die Stube kam«, sagte Saarelainen.

Der Junge sah ihn lange an.

»Aber du hast dir doch nur in das eine Bein gehackt«, sagte er dann.

»Ja.«

»Woher kam denn das Blut in dem zweiten Stiefel?«

»Das kam vom Mitgefühl«, sagte Saarelainen. Die Antwort befriedigte die Kinder nicht. Ohne sich umzusehen gingen sie in ihre Zimmer.

4

Als meine Frau von der Arbeit kam, zeigten wir ihr den Vertrag, den Saarelainen aufgesetzt hatte. Wir hatten lange daran gefeilt. Meine Frau holte aus ihrer Handtasche die Brille, setzte sich in den Sessel und las den Vertrag von Anfang bis Ende.

»Hast du den selbst überhaupt schon gelesen, Eino?«, fragte sie.

»Ja, ich hab ihn mir angesehen«, sagte ich.

Nach Ansicht meiner Frau konnte ich in meinem Urlaub machen, was ich wollte, wenn ich mich schon im Kreise meiner Familie nicht einmal während der kurzen Zeit meines Urlaubs wohl fühlte: Von ihr aus könne ich ruhig nach Deutschland fahren, um Saarelainens blöde Bücher zu verkaufen, Bücher, die kein Deutscher hatte kaufen wollen und die auch jetzt niemand kaufen würde, aber es habe doch wohl wenig Sinn, wenn ich das zu meinem eigenen Schaden täte. Saarelainen behauptete, ich würde keinen Verlust erleiden, und wies darauf hin, dass er der Verfasser des Buches und jetzt auch der Eigentümer der Bücher sei. Er müsse den größeren Teil des zu erwartenden Gewinns bekommen.
»Warum soll Eino die Reisekosten aus seinem Gewinnanteil bezahlen?«, fragte meine Frau.
»Na, das ist doch auch so etwas wie eine Urlaubsreise«, sagte Saarelainen.
»Warum machst du diese Urlaubsreise dann nicht selbst?«, fragte meine Frau.
Saarelainen behauptete, dass man in seinem Beruf keinen Urlaub kenne; er müsse ständig neue Bücher schreiben, oder wenn nicht schreiben, dann doch ausdenken und konzipieren. Auch ich fand, dass Saarelainen sich auf seine schöpferische künstlerische Tätigkeit konzentrieren und die Verkaufsarbeit anderen überlassen sollte: Gute Vertreter fänden sich in diesem Lande für jede Reise, aber Schriftsteller vom Range Saarelainens gab es wirklich wenige. Meine Frau sah mich an und fragte, ob ich betrunken sei.

»Es ist doch nicht einmal etwas im Hause, was man einem Gast anbieten könnte«, sagte ich.
Meine Frau sagte, ihretwegen könne ich ruhig zu meinem eigenen Schaden in Deutschland herumreisen und ohne die Familie Urlaub machen, da ich mir aus meiner Familie offenbar nicht viel machte; sie wolle jedoch an unsere Abmachung erinnern, dass ich im Urlaub den Haushalt mache und mich um die Kinder kümmere; sie habe ihre eigenen Verpflichtungen, und wir lebten in einer modernen Gesellschaft, in der endlich auch die Frauen ihre Rechte hatten. Wie ich denn die Haushaltsführung organisieren wolle, wenn ich in Deutschland bin?
Saarelainen sagte, er wolle draußen im Auto warten, solange wir Familienrat hielten. Er fragte, ob Vertreter in Finnland schon so gut bezahlt würden, dass ein Reisender in Armaturen wie ich zu den Spitzenverdienern gehörte und kein Interesse an einem Zusatzverdienst hätte. Meine Frau riss den Vertrag in kleine Stücke und warf sie in den Kamin. Sie befahl Saarelainen, im Auto einen neuen Vertrag zu schreiben, nach dem die Reisekosten und Tagegelder, Versicherungen und sonstigen unvermeidlichen Kosten von dem Verkaufserlös abgezogen werden und der verbleibende Reingewinn zwischen Saarelainen und mir aufgeteilt werden sollte.
»Ich kann doch nicht im Auto schreiben«, sagte Saarelainen.
»Ein guter Schauspieler spielt auch auf dem Markt«, sagte meine Frau.

Saarelainen sah sie einen Augenblick an, als wollte er etwas fragen.

»Eino muss fünfzehn Prozent Zinsen auf das Kapital haben, das er in Lebensunterhalt und Hotels investiert«, sagte meine Frau.

»Aber ich habe die Fahrkarten bezahlt«, sagte Saarelainen gequält. Meine Frau dachte einen Augenblick nach. Dann entschied sie, dass die Fahrkarten die sonstigen Lebenshaltungskosten aufwogen, und befahl Saarelainen, die Kapitalzinsen aus dem Vertrag wegzulassen. Saarelainen ging hinaus. Jetzt nahm meine Frau den Hund herein und gab ihm zu fressen.

»Dreitausend Bücher: Wenn ich dafür zwanzig deutsche Mark pro Stück bekomme, macht das rund hundertzwanzigtausend Finnmark«, sagte ich.

»Ob man dafür so viel bekommt«, sagte meine Frau.

»Doch, das ist schon möglich«, sagte ich.

»Ich hab da meine Zweifel«, sagte meine Frau.

»Soll ich denn nun fahren?«, fragte ich.

»Fahr, fahr, mein Lieber«, sagte meine Frau.

Sie wollte jedoch den Vertrag, den Saarelainen draußen im Auto schrieb, noch genau durchlesen; sie riet mir, auch in Zukunft genau darauf zu achten, was für Verträge ich mit Saarelainen machte. Ihrer Ansicht nach war Saarelainen kein vertrauenswürdiger Mensch, sondern ein Künstler, eine wankelmütige Persönlichkeit. Es könnte passieren, dass er Verträge machte, die mir Nachteile einbrächten und unter denen die ganze Familie zu leiden hätte. Ich versprach, ihr jedes Papier zu zeigen, das Saarelainen von mir unterschrieben haben wollte. Meine Frau sagte, sie könne nicht ständig auf mich aufpassen.

»Ich werde dort nichts unterschreiben«, sagte ich.

»Wem willst du diese Bücher verkaufen?«, fragte meine Frau.

»Saarelainen hat Namen und Adressen«, sagte ich.

»Was verstehst du schon von Büchern«, meinte meine Frau.

Ich sagte, ich führe nicht nach Deutschland, um über Saarelainens Produktion Vorträge zu halten, sondern um die dreitausend Bücher zu verkaufen, die sich im Laderaum von Saarelainens Auto befanden; ich sei mein ganzes Leben lang Vertreter gewesen und habe damit meine Familie ernährt und die Kinder erzogen. Darauf erwiderte meine Frau nichts.

Als Saarelainen hereinkam, musste ich ihm wieder den Hund vom Leibe halten. Der Hund knurrte, zeigte die Zähne und versuchte, sich auf Saarelainen zu stürzen. Meine Frau befahl ihm, sich unter die Treppe zu legen; von dort starrte er Saarelainen unverwandt an, und als wir ins Wohnzimmer gingen, um den von Saarelainen aufgesetzten Vertrag zu lesen, kam der Hund und stellte sich in die Tür. Er ließ Saarelainen nicht aus den Augen, bis meine Frau ihn wieder auf seinen Platz unter der Treppe kommandierte.

»Er beschützt mich und die Kinder, denn mein Mann ist beruflich viel unterwegs«, sagte meine Frau.

Saarelainen gab das Papier, das er im Auto geschrieben

hatte, meiner Frau, und sie las alles wieder sehr genau durch, gab das Papier dann zurück und sagte, nun sehe der Vertrag schon anders aus. Saarelainen fragte, ob wir ihn jetzt unterschreiben könnten. Meine Frau nickte, und Saarelainen legte das Papier auf den Tisch. Ich setzte meinen Namen darauf, dann ergriff Saarelainen den Stift und malte seine Krakel auf das Papier. Sein Name sah aus wie eine Sprungfeder, die jemand vergeblich versucht hatte, auseinander zu ziehen.

»Ich glaube, mit diesem Vertrag werden wir reich«, sagte Saarelainen.

»Ich hab nichts dagegen«, sagte ich.

»Ich glaube nicht an euren Reichtum«, sagte meine Frau.

»Wenn wir auch nicht reich werden, so werden wir doch etwas langsamer verarmen«, sagte Saarelainen und lachte lange. Er wollte so lange warten, bis ich gepackt hätte, und mich dann zum Hafen fahren; unterwegs würde er mir die paar Mängel erklären, die an dem Wagen auftreten könnten, die man aber leicht selbst beheben könne, wenn man sie kannte und wüsste, wie ihnen beizukommen sei.

Als ich gepackt hatte, sagte ich den Kindern, sie sollten sich verabschieden kommen. Sie waren jedoch daran gewöhnt, dass ich ständig irgendwohin fuhr, und wünschten mir nur von ihren Zimmern aus eine gute Reise. Ich fragte, was ich ihnen aus Deutschland mitbringen solle. Sie sagten, es würde das Vernünftigste sein, wenn ich bei der Rückreise auf dem Schiff zwei

Packungen Schokolade kaufte, denn von der Jugendmode und von modernem Spielzeug, von Computerspielen und ferngelenkten Robotern verstünde ich sowieso nichts, und außerdem würde ich die Größen vergessen, die man beim Kleiderkauf wissen muss. Ich versprach, nach etwas typisch Deutschem für sie Ausschau zu halten, wenn mir in einer Stadt dafür Zeit bliebe.

Meine Frau begleitete uns bis zum Auto. Sie ging einmal um den Wagen herum, warf einen Blick ins Fahrerhaus und in den Laderaum, wo die Bücher lagerten. Sie glaubte nicht, dass das Auto eine so weite Reise überstehen würde wie die, die jetzt vor mir lag, und ebenso wenig meinen Fahrstil. Ich versprach anzurufen.

»Ruf jeden Tag an«, sagte meine Frau.

»Mach ich«, sagte ich.

»Komm gesund wieder«, sagte sie, als wir einstiegen.

Als wir über die Autobahn Richtung Stadt fuhren, fragte Saarelainen, was meine Frau damit gemeint habe.

»Das ist doch nur so eine Floskel«, sagte ich.

»Da wär ich mir nicht so sicher«, sagte Saarelainen. Er fuhr, ich saß daneben und sah genau zu, wie er den Wagen fuhr. Er erklärte, wie man die Gänge einlegen musste, damit sie nicht klemmten, wie die Kupplung zu treten war und an welcher Stelle sie anfing zu schleifen, und dass die Benzinuhr kaputt sei. Ich erfuhr, dass der Wagen auf der Landstraße auf hundert

Kilometern zehn Liter verbrauche und in der Stadt dreizehn, sodass ich den Benzinverbrauch leicht verfolgen könne, indem ich nach jeder Fahrt den Kilometerstand prüfte. Er sagte mir auch, dass der Tank des Wagens sechzig Liter fasse und dass er ihn gefüllt habe, bevor er zu uns kam.

»Das Ganze dürfte auch für dich nicht zu schwierig sein«, meinte er. Ich sagte, ich sei mein Leben lang Auto gefahren und habe meinen ersten eigenen Wagen schon mit achtzehn Jahren gekauft. Ich behauptete, von Autos das zu wissen, was man davon wissen müsse.

Grauer Regen fiel, und die Scheibenwischer ließen an der Frontscheibe matte Flächen zurück, durch die man nichts sah. Wir rauchten beide ununterbrochen, das Fahrerhaus war voller Qualm. Saarelainen erzählte, dass seine jetzige Freundin eine so schlimme Allergie habe, dass sie sofort sterben würde, wenn Saarelainen zu Hause auch nur eine halbe Zigarette rauchte. Ich sagte, ich hätte von solchen Allergien gehört, und fragte Saarelainen, ob er wüsste, wie das explosionsartige Anwachsen dieser Allergien zu erklären sei.

»Na, das sind die Umweltgifte«, sagte Saarelainen.

Er erzählte, dass er selbst gegen keine Substanz und keine Sache der Welt allergisch sei, er esse alles, was aufgetischt werde. Die Allergien waren nach seinen Worten erst in den sechziger Jahren zu einem Problem geworden, als man begann, in zunehmendem Maße Pflanzenschutzmittel zu verwenden und den Lebensmitteln Unmengen von Konservierungsstoffen zuzusetzen. Ihm hätten sie nie etwas ausgemacht, er habe in der Jugend viel Sport getrieben und damit die Grundlage für seine gute Kondition geschaffen. Die würde ihm bei vernünftiger Lebensweise bis ins Alter erhalten bleiben. Saarelainen sagte, er sei zu Beginn der sechziger Jahre einer der vielversprechendsten 800-Meter-Läufer gewesen, achthundert Meter unter eins fünfzig.

»Bei dem Tempo darf einem die Lunge keinen Streich spielen«, sagte Saarelainen und hieb mir auf den Schenkel. Ich sagte, dass eine solche Zeit auf achthundert Metern in den sechziger Jahren nicht schlecht gewesen sei und dass sie auch jetzt noch nicht schlecht sei, jedenfalls in nationalem Maßstab. Ich fragte, ob Saarelainen bei Länderkämpfen gelaufen sei, und Saarelainen sagte, ein paar Mal habe nicht viel gefehlt.

In der Stadt fuhr Saarelainen direkt nach Katajanokka zum Finnjetkai. Er gab mir die Fahrkarten und die Papiere für den Wagen und die Bücher aus dem Handschuhfach.

»Schreib mal eine Karte«, bat er.

»Bestimmt«, sagte ich.

»Oder ruf an.«

»Ich kann auch anrufen«, versprach ich. Saarelainen schrieb mir seine Adresse und die Telefonnummer auf, saß noch einen Augenblick im Wagen und überlegte, ob er auch nichts vergessen hatte. Auch ich überlegte. Es fiel uns nichts ein. Wir verabschiedeten uns mit Handschlag, Saarelainen sprang aus dem Auto, ging schräg über den Parkplatz zum Terminal und winkte mir beim Gehen zu. Ich rutschte hinüber auf den Fahrersitz. Die Autoschlange setzte sich in Richtung Schiff in Bewegung, ich startete den Transporter und fuhr an Bord. Die Kupplung gab ein scheußliches Geräusch von sich, und es roch, als hätte man trockenes Metall mit einem stumpfen Drehstahl auf einer alten Drehbank gefräst.

Der Mann, der auf dem Autodeck die Wagen an ihre Plätze dirigiert hatte, kam zu mir und sagte, dass aus meinem Wagen eigenartiger Rauch aufgestiegen sei und die Kupplung sich so anhöre, als sei sie bald hinüber. Ich dankte für diese Information. Dann nahm ich meinen Koffer, verschloss das Auto gut und machte mich daran, die Kabine zu suchen, die auf der von Saarelainen besorgten Fahrkarte angegeben war.

5

In der Kabine gab es zwei Etagenbetten, aber kein einziges Fenster. Ich legte den Koffer auf das freie obere Bett, auf den drei anderen lag schon jeweils ein Mann.

»Wer bist du denn?«, fragte der Mann auf dem unteren Bett.

»Ich bin Eino Sand«, sagte ich. Die Männer stellten

sich vor, alle drei hießen Rönkkö, kamen aus Kuusamo und erzählten, dass sie auf dem Weg nach Deutschland seien, um dort Holz zu fällen. In Norddeutschland gebe es große Schwarzfichtenwälder, aber der Deutsche schaffe es nicht, seine Bäume selbst umzulegen und in die Holzschleifereien der Papierfabriken zu bringen. Er heuere fähige Männer aus Finnland an und bezahle ihnen für die Waldarbeit einen guten Lohn. Sie wiederum seien von klein auf an die Arbeiten in den großen Wäldern ihrer Heimatgegend gewöhnt.

»Und ich bin nie im Wald gewesen außer zum Beerenpflücken«, sagte ich.

»Versuch es auch gar nicht erst«, sagte der auf dem unteren Bett. Ich öffnete meinen Koffer, nahm die Hemden und den Anzug heraus und hängte sie auf den Bügel und in den Schrank. Die Männer machten eine Bemerkung über meine Sachen; ich erzählte, dass ich auf einer Verkaufsreise nach Deutschland sei und wegen der Kunden immer sauber angezogen sein wolle. Die Rönkkös vermuteten, dass ich die Kleider beim Tanzen auf dem Schiff tragen wollte, und sagten, dass sie am Abend auch mal sehen wollten, was auf dem Tanzboden zu machen sei.

»Und du, Freund Sand, machst dann in der Nacht die Augen zu, wenn ich ein Mädchen mit in die Kabine bringe«, sagte der Rönkkö, den die anderen Rauno nannten.

»Seid ihr Brüder?«, fragte ich.

»Nein, wieso?«, fragte der, der sich als Mauri vorgestellt hatte.
»Ich dachte nur, weil ihr denselben Familiennamen habt.«
»In Kuusamo sind selbst die Wälder voller Rönkkös«, sagte der dritte Rönkkö. »Nenn mich Pertsa«, hatte er gesagt. Ich vermutete, dass sie bestimmt irgendwie miteinander verwandt waren, weil sie alle aus Kuusamo stammten und Rönkkö hießen; außerdem fand ich, dass sie sich irgendwie ähnlich sahen.
»Die Leute aus Kuusamo sind alle so kurzbeinig«, sagte Mauri.
Ich legte auch die letzten Sachen, darunter die Unterwäsche, noch in den Schrank. Ich erklärte, es sei gut für die Sachen, so im Schrank zu liegen, dass Luft daran kam und die Knitterfalten sich wieder glätteten, wir müssten ja jetzt zwei Nächte und einen Tag auf dem Schiff verbringen, weil die Reederei aus Kostengründen die Fahrtgeschwindigkeit der Finnjet herabgesetzt und damit ihren einzigen Verkaufstrumpf eingebüßt habe. Das Schiff stehe jetzt angeblich zum Verkauf.
Ich nahm Saarelainens Buch aus dem Koffer und kletterte auf das obere Bett. Ich begann zu lesen; viele Wörter, die der Übersetzer verwendet hatte, waren mir unbekannt, und es fiel mir schwer, den vielen überraschenden Wendungen der ersten Erzählung zu folgen. Ich schlief ein, wachte aber gleich wieder auf. Die Männer aus Kuusamo unterhielten sich mit leiser Stimme darüber, dass sie sich ansehen wollten, wie das

Schiff den Hafen verließ und die Schären vor Helsinki passierte. Sie erinnerten sich von ihren früheren Reisen her daran, dass die Schärenküste von einer eigenartigen Schönheit ist und sich völlig von der Landschaft am Rukafjäll und der Ebene am Kitka- und am Oulankafluss unterscheidet.

Leise erörterten die Rönkkös auch die Frage, ob sie mich in der Kabine allein lassen konnten, weil sie mich nicht kannten und sich nicht auf meine Ehrlichkeit verlassen konnten. Ob ich wohl wirklich schliefe, oder ob ich nur so tat? Ob ich ihnen die Sachen stehlen würde, wenn ich allein bliebe?

Sie versicherten einander, dass jeder all sein Geld, die Fahrkarten und den Pass in den Kleidern bei sich trage, in den Taschen oder im Brustbeutel, und für mich würde es schwierig werden, sie dort zu stehlen. Sie hatten jedoch in der Kabine Sachen, die sie nicht immer mit sich herumtragen konnten, neue Kleidung und Ersatzteile für die Motorsäge, Gehörschützer und andere wertvolle Ausrüstungsgegenstände.

Ich hörte, wie sie ausmachten, dass einer von ihnen dableiben und aufpassen sollte und wie zwei von den Rönkkös hinausgingen, und schließlich Stimmen vom Gang, als sie die Kabinentür öffneten. Ich setzte mich im Bett auf: Auf dem unteren Bett saß Pertsa Rönkkö.

»Morgen, ich bin wohl eingeschlafen«, sagte ich.

»Scheint so«, sagte Pertsa.

»Wo sind denn die Kumpels hin?«

»Die sind nicht weit weg.«

»Wir sind wohl schon abgefahren, die Motoren dröhnen so«, sagte ich.
»Die Jungs sind an Deck gegangen, aber sie kommen gleich wieder«, sagte Pertsa. Ich setzte mich so hin, dass die Beine über den Bettrand baumelten. Pertsa ging zur Tür und öffnete sie. Ich ließ mich hinabgleiten und zog mir die Schuhe an. Pertsa spähte auf den Gang hinaus.
»Sind die Jungs in Sicht?«, fragte ich.
»Die sind nicht weit weg.«
Ich schlug vor, dass auch wir an Deck gingen, um zuzusehen, wie das Schiff durch die Schären fuhr, die Helsinki vorgelagert sind. Ich sagte, dass die Schärenküste sehr schön und weltberühmt sei. Bei der Gelegenheit könnten wir im Café eine Tasse Kaffee trinken und Plätze für das Abendessen reservieren.
»Geh du man«, sagte Pertsa.
»Warum willst du denn allein hier sitzen bleiben?«, fragte ich verwundert.
»Ich hab ein bisschen Kopfschmerzen«, sagte Pertsa. Ich sagte, ich hätte im Koffer Kopfschmerztabletten, die bestimmt helfen. Das sei ein Mittel auf Rezept, das in der Apotheke nicht an jedermann verkauft würde und das meine Frau verschrieben bekommen habe. Ich erzählte, dass meine Frau oft Kopfweh habe und der Schmerz so stark sei, dass sie im abgedunkelten Zimmer ganz ruhig liegen müsse, und alle im Hause müssten sehr leise gehen und sprechen. Bei einem solchen Anfall verursachten alle Stimmen und jedes Ge-

polter, ja sogar Gerüche meiner Frau Schmerzen. Die Ärzte hätten ihren Kopf mehrmals untersucht, jedoch festgestellt, dass es sich um gewöhnliche Kopfschmerzen handle; Migräne sei das nicht.

»Sie hat sie nur so oft«, sagte ich.

»Die Weiber haben doch immer Kopfschmerzen«, sagte Pertsa.

Meine Tabletten wollte er nicht, obwohl ich sie aus dem Koffer hervorsuchte und ihm anbot, und blieb in der Kabine sitzen, als ich hinaufging. Ich suchte die anderen Rönkkös im Café und in der Bar des Schiffes, fand sie aber nicht. Ich trank eine Tasse Kaffee. Durch das Bullauge sah ich eine Wand von Nebel und Regen. Auf dem offenen Meer waren so viel Wellen, dass man sie vom Schiff aus erkennen konnte, aber auf die Bewegungen des Schiffes hatte der Wellengang keinen Einfluss. Ich sah mir die Leute an, die im Café saßen, und versuchte mir vorzustellen, wohin sie wohl fuhren; aber ich mochte mir den Kopf nicht sehr lange über die Angelegenheiten anderer Leute zerbrechen und ging wieder hinunter.

Durch die Tür der Kabine hörte man bis auf den Gang hinaus, wie die Rönkkös mit lauter Stimme sprachen.

»Irgendein Rauschgift war das«, sagte Pertsa Rönkkö.

»Was für ein Rauschgift?«, fragten die anderen.

»Angeblich ein Schmerzmittel. Damit wollte er mich zur Strecke bringen.«

»Weswegen hat er dir denn ein Schmerzmittel aufgedrängt?«

»Weiß ich nicht.«
»Hast du Kopfschmerzen?«
»Kein bisschen«, sagte Pertsa Rönkkö. Ich klopfte an die Tür und ging hinein. Ich erzählte, dass die Bar gleich geöffnet würde. Die Rönkkös erwiderten nichts. Als ich mich auf das untere Bett neben Pertsa Rönkkö setzte, rückte er von mir ab und ans andere Ende des Bettes, bis ganz an die Wand.

6

Wir verließen alle vier die Kabine und gingen in die Bar. Wir bekamen einen Tisch. In der Bar war noch nicht viel los.
»Was für Geschäfte willst du eigentlich in Deutschland machen?«, fragte Pertsa Rönkkö mich am Tisch. Ich erzählte, dass ich Saarelainens Bücher verkaufen wolle. Die Rönkkös hatten noch nie von Saarelainen gehört, die einzigen Schriftsteller, die sie kannten, waren Reino Rinne und Kalle Päätalo; beide stammten aus Nordostfinnland und hatten ihrer Ansicht nach das Leben der Menschen dort wahrheitsgetreu geschildert.
»Auch Saarelainen hat Bücher geschrieben«, versicherte ich.
Der Kellner kam und fragte nach unseren Wünschen.

Die Rönkkös bestellten Wodka und Sprite. Sie forderten auch mich auf, Schnaps zu trinken, weil der auf dem Schiff billig wäre und wir bis zur Ankunft in Deutschland kein anderes Vergnügen haben würden als den Schnaps, es sei denn, es gelänge uns, ein paar Frauen an Land zu ziehen. Ich bestellte ein Glas Sherry.

Nachdem der Kellner die Getränke gebracht hatte, schnupperten die Rönkkös an meinem Sherry und vermuteten, dass der für ihren Geschmack zu süß sei und nicht genügend zu Kopf steige. Wir stießen an und tranken.

»Bei meiner Arbeit kann ich nicht zu viel trinken«, sagte ich.

»Wir bei unserer auch nicht«, versicherten die Rönkkös.

Ich beschrieb ihnen die Arbeit eines Handelsvertreters und wie er ständig in Gefahr ist, zu viel Alkohol zu trinken, denn wenn man auf Reisen war, ergaben sich ständig Gelegenheiten, Schnaps zu trinken, bei Kundenbesuchen und beim Übernachten im Hotel. Überdies waren viele Kunden selbst schlimme Trinker und beleidigt, wenn der Vertreter aus Helsinki nicht mit ihnen trank oder einen ausgab. Ich erzählte, dass auch in unserer Firma viele Jungs wegen ihres Alkoholkonsums von der Reisetätigkeit in den Telefonverkauf versetzt werden mussten. Ich würde das nicht wollen: vor der Rente jahrelang in einem Sperrholzkabuff mit Telefon sitzen, die Kunden anrufen und den

Besuch der jüngeren und weniger dem Alkohol zuneigenden Kollegen vereinbaren und nebenbei Bagatellbestellungen ohne Provision entgegennehmen.
Die Rönkkös erzählten mir, wie es einem Waldarbeiter ergehen konnte, der betrunken in den Wald ging und dort mit der Motorsäge deutsche Fichten fällte, die mehrere Dutzend Meter hoch waren. Wenn er sich auch nicht selbst umbrächte, bliebe sein Akkord auf jeden Fall so schlecht, dass der deutsche Arbeitgeber ihm bald den Rückweg zum Schiffsanleger beschreiben würde. Bei der Waldarbeit tränken sie überhaupt nicht, aber in ihrer Freizeit nähmen sie gern ein Glas oder zwei, und jetzt hätten sie frei.
Nach dem dritten Sherry ging ich auch zu Wodka und Sprite über, weil der Sherry süß schmeckte und in großen Mengen nicht sonderlich gesund ist; ich sagte, es sei stets besser, klare Schnäpse zu trinken, von denen im Organismus keine unverbrannten, giftigen Stoffe zurückblieben, die Fuselöle, die für den Organismus gefährlich waren und auch den Kater verursachten. Die Rönkkös erzählten, dass sie nie etwas anderes tranken als klare Schnäpse, abgesehen vom Bier auf den Durst, und dass sie nie wegen eines Katers blau zu machen brauchten.
»Die Motorsäge vibriert doch so stark, dass man sie mit einem Kater gar nicht in der Hand halten mag«, sagte Rauno Rönkkö.
»Das ist schon ein Werkzeug von anderem Kaliber als ein Volkswagen Polo«, sagte Pertsa Rönkkö.

»Wenn man einen richtigen Kater hat, ist Autofahren auch nicht das Wahre«, erinnerte ich mich.
Die Rönkkös erkundigten sich nach Saarelainens Büchern und wollten wissen, seit wann ich schon versuchte, sie zu verkaufen. Ich erzählte es.
»Ach so, du verkaufst eigentlich Rohre«, sagte Mauri Rönkkö.
»Das ist mein eigentlicher Beruf«, sagte ich.
»Ist das wahr? Was machst du denn nun wirklich?«, fragte Mauri Rönkkö.
»Wieso?«
»Wir haben uns das gefragt.«
Ich versuchte den Rönkkös klar zu machen, auf welche Weise ich Saarelainens Buchverkäufer geworden war, aber sie leerten ihr Glas und sagten, sie gingen in die Kabine. Ich bat sie zu bleiben, in der Kabine sitze man nicht gemütlich, in diesem fensterlosen Kabuff unterhalb der Wasserlinie; auch dröhne einem dort der Kopf von den Schiffsmotoren. Die Rönkkös standen auf und sagten beim Gehen, dass es mir nicht gelingen würde, sie noch länger aufzuhalten. Sie würden jetzt in die Kabine gehen und dort ihren eigenen Schnaps trinken, sie könnten es sich nicht leisten, die Kabine längere Zeit unbewacht zu lassen, weil sie dort dringend notwendige Ersatzteile für ihre Motorsägen hätten, ohne die sie in den großen deutschen Wäldern in Schwierigkeiten kommen könnten. Ich sah, dass sie mir kein Wort geglaubt hatten.
Ich blieb allein am Tisch zurück. So schnell wie die

Männer aus Kuusamo konnte ich nicht trinken. Die Bar begann sich zu füllen. Nachdem ich meinen Wodka gekippt hatte, stand ich auf und ging einen Tisch für das Abendessen bestellen: Vier Plätze bestellte ich, obgleich ich nicht sicher war, ob die Rönkkös im Schiff überhaupt zu Abend essen würden. Die Frau, die die Tischbestellungen entgegennahm, tröstete mich damit, dass ich schon Tischgenossen bekommen würde, wenn meinen Kabinengefährten der Sinn nicht nach Abendessen stünde, und wenn niemand käme, hätte ich eben den ganzen Tisch für mich allein. Diese Worte gefielen mir.

Ich ging an Deck. Der Regen hatte aufgehört, aber die Sicht war weiterhin schlecht. Auf der offenen See zogen Fischereifahrzeuge ihr Schleppnetz, das Schiff rief zu ihnen hinüber, und sie riefen zurück. Ich dachte bei mir, dass sie eine gemeinsame Sprache hätten wie die Tiere, sie konnten ihre Gemütsverfassungen ausdrücken und einander ihre Pläne, Freuden und Leiden mitteilen. Ich lehnte mich an die Reling und sah der Bugwelle zu, die das Schiff vorwärts zu tragen schien. Ein Mädchen stellte sich neben mich. Sie lehnte sich ebenfalls an die Reling und sah hinunter ins Wasser. Ich betrachtete sie heimlich und überlegte, wie alt sie sein mochte; ich vermutete, dass sie so zwischen achtzehn und achtundzwanzig war, genauer kann ich das Alter einer so jungen Frau nicht schätzen.

»Wenn man so nach unten schaut, dass man die Schiffsflanke nicht sieht, kann man sich vorstellen, ein

Vogel zu sein, eine Möwe oder ein Seeadler, der über dem Wasser fliegt«, sagte das Mädchen.

»Warum nicht«, sagte ich.

»So ein Gefühl muss der Vogel haben«, sagte das Mädchen.

Danach schwieg sie, und auch ich wusste nichts zu sagen. Ich überlegte, worüber ich mit ihr sprechen könnte, aber während ich noch nach einer passenden Bemerkung suchte, wandte sie sich ab und ging in Richtung Bug.

Ich ging hinunter und den Gang entlang zu unserer Kabine. Als ich die Tür öffnen wollte, hörte ich, wie Pertsa Rönkkö mit lauter Stimme sagte:

»Also die Schiffsräuber haben ihre Rechnung ohne den Wirt gemacht.«

Ich machte auf dem Absatz kehrt und wanderte noch ein Weilchen durch das Schiff. Ich sah zu, wie die Jugendlichen die Spielautomaten bearbeiteten, und betrachtete die Leute, die in den Liegestühlen auf dem Sonnendeck saßen.

Ich ging in meine Kabine. Die Rönkkös spielten dort Karten, mit niedrigen Einsätzen, wie sie sagten, und tranken ihr Mitgebrachtes. Sie wollten, dass ich mich zu ihnen setzte und mitspielte: Wir würden sehen, wem das Tagegeld zusteht. Ich sagte, ich sei kein Kartenspieler, ich hätte mich mein Lebtag mehr auf die ehrliche Arbeit verlassen. Aber ich setzte mich hin und schaute zu, wie sie spielten.

7

Als die Zeit für das Abendessen herankam, beendeten die Rönkkös ihr Spiel, versteckten ihre Flaschen in Plastiktüten und stellten die leeren Flaschen in den Abfalleimer des Toilettenraums. Es waren drei Wodkaflaschen; jeder Rönkkö hatte also beim Kartenspielen eine Flasche Wodka geleert, zusätzlich zu dem, was sie in der Schiffbar getrunken hatten.

»Könnt ihr denn noch essen gehen?«, fragte ich.

»Wieso?«, fragten die Rönkkös verständnislos.

Wir gingen hinauf in den Speisesaal und wurden zu dem Tisch geführt, den ich bestellt hatte. Im Speisesaal gab es zwei große Tische, von denen man sich das Essen holte, und an deren beiden Seiten schon lange Schlangen standen. Wir stellten uns an, und die Kellner brachten die Getränke, Bier und dazu einen Kurzen.

Die Rönkkös erzählten mir, wie das Leben der Waldarbeiter in den großen Wäldern Norddeutschlands aussah; von den Sprachschwierigkeiten und davon, was der deutsche Arbeitgeber den ausländischen Arbeitnehmern alles zumutete. Die Rede kam auch darauf, wie sie an den Wochenenden per Taxi in die Stadt fuhren, nach Hamburg und Kiel, und dort das Geld mit vollen Händen ausgaben.

»Aber wir sind keine Säufer und Randalierer. Wir haben alle Frau und Kinder in Kuusamo«, versicherte Pertsa Rönkkö.

Ich aß Krabben, die mir von dem Angebot der Selbstbedienungsbüfetts auf den Schiffen immer das Liebste gewesen waren, und graved Lachs, der dort nie zu stark gesalzen, sondern so weich und fett war, dass er einem auf der Zunge zerging und sogar etwas süß schmeckte. Ich pulte die Krabben mit der Hand und hob mein Schnapsglas immer dann, wenn auch die Rönkkös das taten.

»Du scheinst ja kein schlechter Trinker zu sein, Eino«, sagte Mauri Rönkkö.

»Tja, ich habe auch bei dieser Arbeit immer meinen Mann gestanden«, versicherte ich.

»Und ich hab gedacht, du wärst zimperlich«, sagte Mauri Rönkkö.

»Wieso das denn?«

»Na, wie du da mit deinem Sherry rumgemacht hast.«

Ich genehmigte mir genauso viele Kurze wie die Rönkkös und dachte bei mir, dass der Wodka, den sie unten flaschenweise getrunken hatten, nicht ohne Wirkung auf sie bleiben konnte. Nach dem vierten Schnaps hatte ich das Gefühl, schon ziemlich betrunken zu sein, vermutete aber, dass das vorübergehen würde, wenn ich nur genug Bier tränke. Ich hatte das Gefühl, dass das Dröhnen der Schiffsmotoren allmählich so stark wurde, als arbeiteten sie in meinem Schädel. Die Gesichter der anderen Speisegäste konnte ich nicht mehr deutlich erkennen, es schien mir, als bewegten sie sich ständig zwischen den Tischen und dem Büfett hin und her, als trieben sie in irgendeinem strömenden Medium. Auch die Rönkkös schienen sich bisweilen zu bewegen, zur Seite zu neigen und, auf ihrem Stuhl sitzend, durch den Saal zu gehen.

»Es stürmt ja mächtig«, sagte ich.

»Es stürmt überhaupt nicht«, sagten die Rönkkös.

Irgendwann wollte ich zahlen, weil mir jemand ein Papier vor die Nase hielt und auf einen Betrag zeigte, der darauf stand. Ich gab dem Kellner meine Brieftasche, er nahm das Geld heraus und ließ auf dem Tisch ein paar Münzen auf einem Porzellanteller zurück. Ich versuchte, sie dort wegzunehmen und sie dem Kellner zu geben, aber sie fielen hinunter und kullerten über den Fußboden. Das verursachte keinerlei Geräusch, sodass ich nicht wusste, wo ich sie suchen sollte. Überhaupt war es plötzlich ganz still.

»Na klar, wir helfen dem Mann«, erklärten die Rönkkös, als wir den Speisesaal verließen. Wir stiegen die Treppe hinauf, gingen die langen, schier endlosen Gänge entlang und versuchten, durch einen sehr schmalen Spalt in unsere Kabine zu gelangen. Ich wunderte mich, warum die Rönkkös nicht die Kabinentür benutzten, nahm aber an, dass sie dafür ihre Gründe hätten.

»Das ist der Sherry, der ihn so fertig macht«, sagte Pertsa Rönkkö irgendwo weit weg.

»Wir werden noch mit ganz anderen Sachen fertig, Jungs«, versicherte ich.

Mit vereinten Kräften stemmten sie mich auf das obere Bett. Ich hörte, wie sie unten mit ihren Flaschen anstießen. Ich schlug vor, auf das Gelingen der Reise zu

trinken. Ihre Antwort hörte ich nicht, die Schiffsmotoren dröhnten wieder ganz laut, so als säße ich irgendwo im Motor, im Inneren des Zylinders.
»Das ist wohl doch ein ganz ehrlicher Mann«, hörte ich unten jemanden sagen. Jemand schaute mich über den Pritschenrand hinweg an und machte sich dann an mir zu schaffen. Ich erschrak und dachte, er wolle mich erwürgen, aber ich bekam meine Hand nicht hoch, um ihn abzuwehren. Da erkannte ich Mauri Rönkkö, der meine Krawatte löste, mir die Schuhe auszog und mich zudeckte.
Ich hörte, dass die Rönkkös wieder anfingen, Karten zu spielen, und ausrechneten, wie viel Geld sie verdienen würden und wie viel sie bis Weihnachten beisammen hätten. Weihnachten wollten sie nach Hause fahren, um die Kinder zu zählen und neue anzusetzen, wie sie es ausdrückten. Sie rechneten auch aus, wie viel Geld in Deutschland draufgehen würde, zum Leben und zum Vergnügen, ohne das ein Mann nicht lange sein konnte. Sie wussten noch von früher her, dass der Deutsche es verstand, dem Waldarbeiter die D-Mark für Essen und Unterbringung wieder aus der Tasche zu ziehen. Auch die Preise auf der Reeperbahn waren in den letzten Jahren in astronomische Höhen gestiegen. Sie erinnerten sich auch daran, wie sie in Dänemark in dem Jahr Holz fällten, als ein Orkan in den Parks Hunderte von Bäumen entwurzelte: alte Eichen und Linden und Ulmen. Die Dänen waren nicht Manns genug, um mit diesen halb umgestürzten Bäumen fer-

tig zu werden, sie mussten aus Finnland Männer einfliegen lassen, die sich darunter wagten. Die Rönkkös fanden, dass die Arbeit leicht gewesen war und man sie gut dafür bezahlt hatte, weil das Fällen halb umgestürzter Bäume in die höchste Gefahrenklasse eingestuft war und die Arbeit dementsprechend bezahlt wurde. Die Rönkkös hofften, dass öfter mal Orkane die Bäume mitteleuropäischer Parks entwurzelten, weil dann der finnische Waldarbeiter und sein berufliches Können erst so richtig gewürdigt wurden. Da muss ich eingeschlafen sein.

In der Nacht wurde ich wach. Aus den Stimmen entnahm ich, dass die Rönkkös unten immer noch Karten spielten und Wodka tranken. In der Schiffskantine hatten sie sich Schweizer Schokolade gekauft, die sie lobten und als die beste Schokolade von der Welt bezeichneten, sowie Pfefferminzbonbons, die sie zum Wodka aßen. Sie boten mir sofort einen Schluck Wodka an, aber ich sagte, ich könne jetzt nicht trinken. Ich lag auf dem oberen Bett, ohne mich zu rühren, und gedachte, dort so lange liegen zu bleiben, bis das Schiff im Hafen einlief. Den Lärm der Motoren empfand ich weiterhin als quälend, aber ich wusste, dass ich ihn ertragen musste. Aus den Plastikbechern mit Wodka stieg ein Ekel erregender Geruch nach Schnaps und Long Drink zu mir herauf.

»Zeig mir doch mal das Buch«, bat Rauno Rönkkö. Ich nahm Saarelainens Buch vom Kopfende, wälzte mich auf die Seite und reichte ihm das Buch hinunter.

Die Männer legten die Karten beiseite und sahen es sich an. Sie sagten, dass sie kein Wort davon verstünden, aber sie fanden, dass das Buch anständig aussehe und sich in Deutschland wohl verkaufen ließe, wenn ich an die richtigen Leute geriete, an solche, die sich für Finnland und die finnische Literatur interessierten. Sie meinten, jeder von ihnen könnte mir zur Erinnerung ein Buch abkaufen. Ich versprach, ihnen die Bücher im Hafen zu geben.

Die Rönkkös sprachen wiederum anerkennend von Reino Rinne und Kalle Päätalo, die beide so schrieben, dass auch ein gewöhnlicher Mensch verstand, worum es ging, und zwar in der Sprache eines gewöhnlichen Menschen. Sie betrachteten Saarelainens Bild auf dem Schutzumschlag; da stand Saarelainen mit der Pfeife in der Hand vor einem großen Bücherregal.

»Schlauer Junge«, sagten die Rönkkös.

Inzwischen hatten sie irgendwo auch eine große Dose gekochten Schinken gekauft, und jetzt öffneten sie die Dose mit dem Finnenmesser, schnitten große Stücke von dem Schinken ab und aßen. Ich konnte nichts essen, obgleich sie mir mehrmals davon anboten und sagten, dass er gut sei.

Ich nahm mein Notizbuch hervor und versuchte, nach den Adressen zu sehen, die ich in Finnland von Saarelainen bekommen hatte, aber ich konnte das Notizbuch nicht lange in der Hand halten. So knipste ich die Leselampe aus und lag unbeweglich im Bett.

Ich hörte, wie die Rönkkös beschlossen, auf Braut-

schau zu gehen. Sie polterten noch einen Augenblick herum und verließen dann die Kabine.
Erst am Morgen erwachte ich und stellte fest, dass ich in Kleidern geschlafen hatte. Die Rönkkös lagen auf ihren Betten und unterhielten sich über die Frauen, mit denen sie in der Nacht getanzt hatten, und über das Orchester, das ihrer Ansicht nach viel zu schnelle Stücke gespielt hatte. Mit dem wenigen Schnaps im Bauch hatten die Rönkkös es nicht gewagt, danach zu tanzen, und so hatten die halbwüchsigen Bengels den Rönkkös die Frauen ausgespannt.
»Wie spät ist es?«, fragte ich.
»Es ist noch nicht mal acht.«
»Da hab ich wohl etwas geschlafen«, sagte ich. Die Rönkkös sagten, dass auf dem Tanzboden ein Mann wie ich mit Clubjacke, grauen Flanellhosen und einer Krawatte in der Farbe des Jacketts gefehlt habe. Sie hätten jedoch die Hoffnung noch nicht aufgegeben, denn am Nachmittag sei dem Vernehmen nach wieder Tanz, und dann sei ältere Tanzmusik zum Vergnügen der betagteren Herrschaften angesagt.
»Mach dann die Luken nicht wieder schon am Nachmittag dicht, Sand«, empfahlen mir die Rönkkös.
»Ich verstehe nicht, wieso ich auf einmal derart müde war«, sagte ich.
Wir dösten. Schlafen konnte ich nicht mehr, aber ich hatte auch noch keine Lust aufzustehen.

Schließlich ließ ich mich vorsichtig vom oberen Bett hinab und ging in die Kabinentoilette, einen winzigen Raum, und putzte mir die Zähne. Ich hörte, wie die Rönkkös in der Kabine sich darüber verwunderten, dass ich so gut angezogen aussah, obwohl ich in Kleidern geschlafen hatte. Als ich die Toilette verließ, standen sie auch auf.

Ich kramte frische Sachen aus dem Schrank, zog eine gebügelte Hosen an, ein sauberes Hemd und Strümpfe; dann fragte ich, ob die Rönkkös mit mir auf die Suche nach einem Ort gingen, wo man ein Frühstück bekäme. Sie meinten jedoch, solange sich in den Flaschen noch etwas zu trinken fände und Schokolade und Pfefferminzbonbons da wären, brauchten sie nicht frühstücken zu gehen. Andere Nahrung bekämen sie noch zur Genüge, wenn sie in die großen Wälder kämen und ihre Motorsäge singen ließen.

»Niemand kann nur von Schnaps und Pfefferminzpastillen leben«, sagte ich.

»Wir haben in der Nacht anständig reingehauen, als du gesägt hast«, sagte Pertsa Rönkkö.

»Lass es heute langsam angehen, Eino«, riefen sie mir nach, als ich auf den Gang hinaustrat. Von der gestrigen Zecherei und dem Liegen im Vollrausch taten mir alle Glieder weh, meine Bewegungen waren unkontrolliert, und dieser Zustand besserte sich auch nicht so bald. Ich erkannte die Plätze im Schiff nicht wieder, an die ich kam, und musste den Weg bei einer Horde Jungen erfragen, die das Elektronikspiel malträtierten. Sie versetzten ihm Fußtritte und kippten es, um bessere Ergebnisse zu erzielen, erklärten mir aber den Weg in den Speisesaal, als ich danach fragte.

»Du hast wohl keine norwegischen Kronen, Opa?«, fragten sie.

»Wieso?«, erkundigte ich mich verwundert.

»Der Spielautomat hier nimmt die als Markstücke an«, erklärten mir die Jungen.

»Die darf man da aber nicht reinstecken«, sagte ich.

»Ist das wahr?«, fragten die Jungen. Ich sah, dass es keinen Zweck hatte, ihnen Ratschläge zu erteilen, und ging weiter. Die Jungen lachten wiehernd und bearbeiteten das Elektronikspiel weiter mit den Füßen, sodass es aufkreischte und jaulte, als wäre es ein lebendes Wesen, ein Haustier, das von einem Menschen gequält wird.

Der Speisesaal war leer und der Eingang mit einer Kette versperrt, an der ein Schild hing. Darauf stand, dass der Speisesaal erst zur Mittagszeit geöffnet würde. Ich sah auf die Uhr, bis zum Mittag waren es noch zwei Stunden. Ich überlegte, wann ich abends eingeschlafen war; eine erholsame Nachtruhe war dieser Schlaf nicht gewesen.

Ich begab mich an Deck und ging dort eine Weile spazieren, aber lange konnte ich mich dort ohne Mantel nicht aufhalten. Es blies ein kalter Wind, und ich empfand die vom Meer aufsteigende Feuchtigkeit auf der Haut unter den Kleidern als unangenehm. Das Schiff fuhr jetzt über das uferlose offene Meer, und es schien, als tauchten die tief hängenden Wolken ins Wasser ein.

»Ah, wir sind aufgewacht?«, sagte eine Frau zu mir, als ich von Deck in den Gang des Schiffes zurückkehrte. Es war dasselbe Mädchen, das gestern an Deck zu mir von den Vögeln und vom Fliegen gesprochen hatte. Ich wünschte Guten Morgen, sie musste lachen.

»Ich suche ein Lokal, wo man Frühstück bekommt«, sagte ich.

»Du bist gestern nicht auf den Tanzboden gekommen«, sagte das Mädchen.

»Ich war plötzlich so müde«, sagte ich.

»Den Eindruck hatte ich auch«, sagte das Mädchen. Sie behauptete, im Speisesaal eine Weile an unserem Tisch gesessen zu haben, aber zu der Zeit sei ich schon so betrunken gewesen, dass sie schon vermutete, an diesem Abend würde ich nicht mehr zum Tänzer taugen. Angeblich hatte ich bei ihr den ersten Tango bestellt, der gespielt werden würde.

»Hab ich bei dir einen Tanz bestellt?«, fragte ich.

»Sogar mehrere«, sagte das Mädchen.

»Entschuldige«, sagte ich.

»Macht nichts«, sagte das Mädchen.

Ich erklärte, es sei nicht meine Gewohnheit, mich voll laufen zu lassen, aber gestern sei ich in eine Gesellschaft geraten, in der man nicht wusste, was mäßiges

Trinken ist und in der man den Wodka flaschenweise und im Akkord kippte, und das habe mich verwirrt.

»Deine Kumpels haben nachts noch lange gesessen«, sagte das Mädchen. Ich fragte nochmals, ob sie wisse, wo man eine Tasse Kaffee bekommen konnte. Das Mädchen zeigte mir das Café und setzte sich zu mir an den Tisch. Sie erzählte, ich hätte sie abends allein essen sehen und sie gewaltsam an den Tisch geholt, an dem ich mit den Rönkkös saß. Auch ihre Rechnung hätte ich gewaltsam bezahlt. Ich erinnerte mich wohl, die Rönkkös am Tisch gesehen zu haben, aber an das Mädchen konnte ich mich nicht erinnern.

»Worüber haben wir gesprochen?«, fragte ich.

»Über alles Mögliche«, sagte das Mädchen.

Ich bestellte Kaffee und belegte Brote. Vom Fenster des Cafés aus wirkte das Meer groß und ernst; die Wolkendecke riss auf, und in der Ferne schien die Sonne aufs Meer, machte es hell und blau und erstrebenswert, während hier, wo das Schiff jetzt fuhr, alles grau und trübe war.

»Warum fährst du nach Deutschland?«, fragte ich.

»Das hab ich doch gestern schon erzählt«, sagte das Mädchen.

»Das weiß ich nicht mehr«, bekannte ich.

»Ich fahre nur durch Deutschland durch«, sagte das Mädchen und erzählte, dass sie unterwegs in die Schweiz sei, um dort an einem Kurs teilzunehmen, wo man das Fliegen lernen konnte. Den Teilnehmerbeitrag von sechstausend Finnmark habe sie schon von

Finnland aus bezahlt, und nun wolle sie zuerst ihre Schwester in Köln besuchen und dann in die Schweiz weiterfahren.

»Zu einem Drachenflugkurs?«, fragte ich.

»Nein, zur transzendentalen Meditation«, sagte das Mädchen. Darauf wusste ich nichts zu sagen.

»Weißt du das wirklich nicht mehr?«, fragte sie.

»Was?«

»Was wir gestern darüber gesprochen haben.«

»Wirklich kein Wort«, versicherte ich.

»Aber wieso fährst du mit dem Schiff nach Deutschland?«, fragte sie.

»Warum denn nicht?«

»Reisen denn die Geschäftsleute nicht alle mit dem Flugzeug in der Businessklasse nach Frankfurt?«

»Das Schiff ist eine bedenkenswerte Alternative«, sagte ich. Der Kellner kam und brachte Kaffee und Schinkenbrote. Das Essen tat mir nicht gut; ich spürte, wie mir der Schweiß auf die Stirn trat und meine Hände zitterten, wenn ich die Kaffeetasse hob, sodass ich sie mit beiden Händen festhalten musste. Durch meinen Magen gingen kalte und heiße Wellen, die schmerzhaft waren, und dieser Schmerz breitete sich vom Magen her im ganzen Körper aus. Ich musste einen Moment die Augen schließen und die Gedanken ganz auf den Magen und auf diesen Schmerz konzentrieren, ihn vom Magen in die Glieder jagen, durch die Glieder in die Finger und Zehen und durch deren Spitzen in den Raum, in dem ich saß, aufs Meer hinaus und über das Wasser bis hinter den Horizont, in andere Länder und Erdteile.

»Ich wundere mich überhaupt nicht, dass es dir schlecht geht«, sagte das Mädchen.

Ich bat sie, einen Augenblick still zu sein, da es mir wirklich schlecht ging; schon allein das Denken tat mir weh.

»Wie heißt du?«, fragte ich nach einer Weile.

»Eija.«

»Und ich bin Eino«, sagte ich.

»Das weiß ich, ich erinnere mich an alles, was wir gestern gesprochen haben«, sagte sie.

»Was denkst du bloß von mir«, sagte ich.

9

»Ich habe mehrere Bücher von Saarelainen gelesen«, erzählte Eija.

Ich sah sie etwas erstaunt an.

»Und wie findest du ihn?«

»Ein bisschen trocken und öde«, sagte Eija. Darüber sann ich nach, und auch über meine Lage. Ich versprach Eija, ihr eines der saarelainenschen Bücher zu geben, sobald wir im Hafen wären und ich an mein Auto herankäme. »Das Buch ist auf Deutsch«, sagte ich, aber mir war klar, dass Eija gut Deutsch verstand.

»Ich hab das Buch schon auf Finnisch gelesen«, sagte Eija.
»Worum geht es denn da?«
»Wieso, da sind doch mehrere Geschichten.«
»Erzähl doch mal irgendeine«, bat ich. Ich berichtete, wie ich versucht hatte, Saarelainens Buch auf Deutsch zu lesen, aber meine Sprachkenntnisse waren nicht so gut, dass ich alles verstanden hätte, was ich da las, und ich argwöhnte, dass mir gerade die feinsten Nuancen entgangen waren.
»Soweit ich mich erinnere, ging es in der einen um eine Frau, die von Finnland ins Ausland reist; sie will nach Frankreich und da ihre beste Freundin aus der Schulzeit besuchen. Ihre Ehe ist kaputt, also die von der Frau aus Finnland. Aus irgendeinem Grund fährt sie aber zuerst nach München. Im Zug lernt sie einen deutschen Mann kennen, der sich mit ihr unterhält, so wie sich halt Leute im Zug unterhalten, auch ganz Fremde, und besonders die Deutschen. Die verlieben sich ineinander. Dann ist da so ein zeitlicher Sprung, und es geht mit den Ereignissen viele Jahre später weiter, da sind die verheiratet und wohnen in Ludwigshafen. Die hatten auch ein Kind gehabt, aber das war gestorben. Das ist so eine traurige Geschichte«, erzählte Eija.
»Ich hatte von Saarelainen den Eindruck, dass er ein fröhlicher Mensch ist, und irgendwie agil«, sagte ich.
»Aus seinen Büchern bekommt man ein ganz anderes Bild.«

»Im Grunde ist er vielleicht ganz unglücklich«, sagte ich.
Eija erzählte noch eine andere Geschichte aus Saarelainens Buch, an die sie sich erinnerte, eine Erzählung von zwei Brüdern, die Ende der sechziger Jahre nach Schweden arbeiten gehen, in einem Barackendorf leben und Hilfsarbeiten verrichten. Der eine beginnt zu trinken, der andere holt ihre alte Mutter aus Toholampi nach Stockholm, als er bei der Stockholmer Metro einen festen Arbeitsplatz findet. Am Weihnachtsabend kommt der versoffene Bruder nach Stockholm, der abstinente Bruder hat Schicht und kommt erst spät in der Nacht nach Hause, um Weihnachten zu feiern. Dem versoffenen Bruder fällt das Genörgel seiner Mutter auf die Nerven, er sperrt sie in den Kleiderschrank im Vorraum und geht auf Sauftour. Der abstinente Bruder findet seine Mutter im Schrank, als er von der Arbeit kommt. Die Mutter ist völlig hysterisch. Die Brüder zerstreiten sich später wegen dieses Vorfalls, und ihre Wege trennen sich endgültig.
»Das sind ja wirklich keine besonders witzigen Geschichten«, sagte ich.
Ich sah, wie die Rönkkös das Café betraten, sich einen Augenblick umschauten und dann auf unseren Tisch zusteuerten.
»Ist hier noch Platz für uns?«, fragte Pertsa Rönkkö.
Ich meinte, dass die drei Rönkkös noch an den Tisch passten, und forderte sie auf, sich Eija vorzustellen. Sie

sagten, sie hätten sich schon gestern vorgestellt, und setzten sich.
»Eija ist ein hübscher Name«, sagte Rauno Rönkkö.
Der Kellner brachte ihnen bald das Bier, sie hatten es schon beim Hereinkommen bestellt. Eija wollte kein Bier, sie sagte, das wirke sich negativ auf all die Übungen aus, die sie bei dem Kurs über transzendentale Meditation machen müsse, und hindere sie am Fliegen.
»Das Bier beflügelt dich doch erst richtig«, sagte Mauri Rönkkö und hob sein Glas. Die Jungs tranken ihr Bier schnell aus und bestellten sofort nach. Sie erzählten, dass sie gestern gern mit Eija getanzt hätten, dass aber das Orchester den ganzen Abend solche Stücke gespielt habe, dass ein Mann in gesetztem Alter es nicht wagte, danach zu tanzen. Sie baten, am Nachmittag mit Eija tanzen zu dürfen, wenn Volkstänze gespielt würden. Sie erkundigten sich auch nach den Flugkursen und überlegten, ob diese Kunst bei der Waldarbeit von Nutzen wäre.
»In Kanada müssen die Waldarbeiter in die Wipfel der Bäume klettern und die Bäume abästen, solange sie noch stehen, und sie dann von oben nach unten in Stücke sägen. Bei solcher Arbeit wäre es bestimmt nützlich, wenn man fliegen könnte«, sagte Rauno Rönkkö.
»Um solches Fliegen geht es nicht«, sagte Eija.
Die Rönkkös versuchten, Genaueres über Eijas Art des Fliegens zu erfahren, aber mehr wollte Eija nicht erzählen. Sie sagte, das sei kein Thema für ein Knei-

pengespräch, sondern eine ernst zu nehmende weltanschauliche Frage, zumindest für sie.

»Das sind doch die besten Themen für die Kneipe«, sagte Pertsa Rönkkö.

»Das finde ich nicht«, sagte Eija.

»Leeres Geschwätz hört man doch hier zur Genüge.«

Eija meinte jedoch, sie sollten sich andere Gesprächsthemen ausdenken. Ich sah, dass sie in puncto Fliegen und Meditation empfindlich reagierte.

»Lasst das Mädchen in Ruhe«, sagte ich.

Die Rönkkös kündigten an, sie würden am Nachmittag, wenn die Volkstanzmusik begänne, mit Eija auf dem Parkett einen Flugkurs absolvieren. Ich versuchte noch einmal, Kaffee zu trinken und von dem Schinkenbrot zu essen, und stellte fest, dass ich schon etwas hinunterbekam. Das teilte ich den anderen mit, und die Rönkkös meinten, dass ich mittags schon wieder so weit sein würde, ein paar Schnäpse zu trinken.

10

Am Nachmittag des zweiten Tages warteten wir schon sehr darauf, dass das Schiff in den Hafen käme. Ich packte meine Sachen in den Koffer. Die Rönkkös saßen auf ihren Betten und sprachen von Eija, die von Travemünde aus mit mir zusammen weiterfahren wollte. Sie fanden, ich müsste mir eine ältere Frau als Reisegefährtin suchen.

»Das könnte doch deine Tochter sein«, sagte Rauno Rönkkö.

»Wieso?«, fragte ich.

»Dem Alter nach.«

»Sie fährt doch nur als Beifahrerin mit. Allein zu fahren, ist langweilig«, sagte ich. Darüber mussten die Rönkkös lachen.

»Du hättest sie auch in die Kabine mitbringen können«, sagten die Rönkkös. Sie schüttelten mir nacheinander zum Abschied die Hand und dankten mir für die gut verlaufene Schiffsreise und das angenehme Zusammenwohnen.

»Wir hatten doch keinen Streit miteinander? Oder?«

Ich versicherte, dass wir die ganze Fahrt über ohne Streit ausgekommen wären und uns gut verstanden hätten. Sie gaben mir die Telefonnummer des Büros ihrer Waldarbeitsstelle und sagten, ich sollte sie anrufen, falls ich wegen meiner Geschäfte in der Gegend zu tun hätte oder Hilfe benötigte, egal welcher Art.

»Wir können zwar kein Deutsch, aber wenn du sonst ein Problem hast, dann ruf an«, sagte Mauri Rönkkö.

Ich versprach, an sie zu denken, gab ihnen meine Visitenkarte und schrieb auf die Rückseite mit Kugelschreiber meine Privatadresse und die Telefonnummer von zu Hause. Ich sagte ihnen, sie sollten mich anrufen, wenn sie wieder zu Hause in Finnland wären.

»Dann setzen wir uns einen Abend in Helsinki zusammen und nehmen einen zur Brust«, sagte ich.
Für die Rönkkös war das eine abgemachte Sache, sie verlangten aber, dass sie den Abend bezahlen dürften: Geld spiele für sie keine Rolle, weil sie dann schon an die drei Monate in Deutschland Bäume im Akkord gefällt haben würden.
Wir gingen an Deck. In der Ferne waren schon die höchsten Gebäude von Travemünde zu sehen, aber bis zur Ankunft im Hafen dauerte es noch lange. Es blies ein steifer Wind, die Ufer und die Stadt waren regenverhangen, und abseits sah man Kreidefelsen und grüne Laubwälder.
»Da müssen wir also jetzt hin, nach Europa«, sagte Rauno Rönkkö.
»Für ein Land wie Finnland ist es heute notwendiger denn je, sich international zu orientieren«, sagte ich.
Als durch den Lautsprecher die Ankunft des Schiffes bekannt gegeben und den Autofahrern Ratschläge für die Ausfahrt erteilt wurden, nahm ich meinen Koffer und ging hinunter zum Autodeck.
Eija stand schon am Eingang zum Autodeck und wartete; sie hatte anscheinend nicht viel Gepäck, nur eine blaue Stofftasche.

Ich nahm sie und meinen eigenen Koffer und überlegte, wo der Wagen stand. Wir gingen dorthin und stiegen ein.
Im Auto warteten wir auf das Signal, an Land zu fah-

ren. Als ich das Oberdeck des Schiffes verlassen hatte, um zum Autodeck hinunterzugehen, war es draußen noch hell gewesen, aber als sich jetzt die Bugklappe öffnete und ich auf den Kai hinausfuhr, war es schon dämmerig, und während wir in der Zollschlange standen, dunkelte der Abend.

Schon als wir aus dem Schiff hinausfuhren, hatte ich gespürt, dass die Kupplung des Wagens während der Schiffsreise zumindest nicht besser geworden war. Ich kam jedoch aus dem Schiff heraus, ohne anschieben zu müssen; der Zollbeamte nun sagte mir etwas, wovon ich kein Wort verstand. Er winkte mich aus dem Wagen heraus und zeigte auf das Heck des Wagens.

»Was sagt er?«, fragte ich verwundert.

Auch Eija stieg aus und sprach mit dem Zollbeamten. Sie sagte mir, auf Saarelainens Auto fehle das finnische Nationalitätszeichen, und ohne ein solches Zeichen dürfe man die deutschen Landstraßen nicht befahren.

»Ist damit unsere Reise nun zu Ende?«, fragte ich.

»So ein Zeichen bekommt man am Kiosk«, erklärte Eija.

Ich scherte seitlich aus der Autoschlange aus und überlegte, wie lange die Kupplung wohl noch halten würde. Ich ließ Eija zur Bewachung des Autos zurück und ging ins Abfertigungsgebäude. Am Kiosk war eine Schlange, und ich musste lange anstehen, bevor ich das Zeichen bekam. Draußen standen die Rönkös und warteten auf ein Taxi. Ich erzählte ihnen, dass ich für Saarelainens Wagen ein Nationalitätszeichen hatte anschaffen müssen, ohne das man in Deutschland nicht fahren durfte, und von der Kupplung, die gerade ihren Geist aufgeben wollte.

»Sieh zu, dass du klarkommst, Eino«, sagten die Rönkkös.

Ein Taxi kam, sie verstauten ihr Gepäck im Kofferraum und winkten mir aus dem Auto zu. Ich beobachtete, wie das Taxi die Steigung vom Terminal zur Landstraße nahm, und überlegte, ob der Kleinbus mit seiner schlechten Kupplung das auch schaffen würde. Eine halbe Stunde später wusste ich, dass das Auto die Steigung nicht schaffte. Ich musste einen Abschleppwagen bestellen und die Kupplung reparieren lassen. Die Männer vom Abschleppdienst wussten eine Reparaturwerkstatt, die zu dieser Tageszeit noch offen hatte, eine kleine Werkstatt, in der der Besitzer auch außerhalb der Geschäftszeiten arbeitete. In der Werkstatt erfuhr ich, dass das Auswechseln der Kupplung bis zum nächsten Tag dauern würde.

»Saarelainen hat mir gesagt, in Lübeck sollte man im Hotel Larsen absteigen«, sagte ich.

»Ich werde wohl den Zug nehmen«, sagte Eija.

»Das wird das Gescheiteste sein«, sagte ich.

Ich fragte nach einem Bus, mit dem ich nach Lübeck hineinfahren könnte, aber der Mann von der Tankstelle riet mir, ein Taxi zu nehmen. Das wäre für einen Ortsunkundigen das Beste. Wir bestellten telefonisch ein Taxi und warteten darauf. Eija versprach ich, sie unterwegs am Bahnhof abzusetzen.

»Gute Reise«, sagte sie, als wir am Bahnhof ankamen.
»Hoffentlich sehen wir uns mal. Und sei nicht böse«, sagte ich.
»Du hast doch dein Auto nicht absichtlich kaputtgemacht«, sagte sie.

11

Der Taxichauffeur, der uns von Travemünde nach Lübeck fuhr, war ein ungewöhnlich redseliger Mann. Er fragte uns sofort, welche Sprache wir sprächen und aus welchem Land wir kämen; ich erzählte ihm, dass ich versuchen wolle, dreitausend Bücher an die Deutschen zu verkaufen, und er hielt das für keine unmögliche Aufgabe, vor allem dann, wenn das Buch ausreichend Stellen enthielte, wo die Anatomie der finnischen Frauen beschrieben wurde; dergleichen interessiere den deutschen Mann.
Auch er selbst hatte Erfahrung mit Finnen, allerdings nur mit Männern, die er von Travemünde in die Hamburger Freudenhäuser und zurück gefahren hatte, während die Finnjet in Travemünde am Kai lag.
»Im Allgemeinen leiden die Finnen nicht unter Mangel an Kleingeld«, lachte er und stellte sich vor, und auch wir nannten unsere Namen; meinen wiederholte er viele Male: »Eino, Eino, Eino Sand.«

Er fragte auch, was dieser Name auf Deutsch bedeute, und ich erzählte ihm, dass Eino vielleicht von den im Kampf gefallenen altskandinavischen Helden, den Einherjahr, kam, die Odin in Walhalla an Sohnes Statt annahm. In Walhalla übten sie sich tagsüber im Kämpfen, tranken abends Bier und tobten nachts mit schönen Frauen herum. Darauf erwiderte der Taxifahrer nichts, wahrscheinlich kannte er sich in der altgermanischen Mythologie nicht so gut aus.

»Sand wiederum ist Sand«, hatte ich über meinen Familiennamen gesagt. Für Eijas Namen interessierte er sich nicht.

»Werden Sie Ihre junge Braut nicht vermissen?«, fragte er, als wir Eija am Bahnhof absetzten.

»Wir haben uns auf dem Schiff kennen gelernt«, sagte ich.

Der Taxifahrer fand das Hotel Larsen in Lübeck sofort; er erzählte, dass es gut sei, aber nicht ganz billig; wenn ich in Lübeck gut essen wolle, solle ich ins Restaurant dieses Hotels gehen. Auch das Restaurant sei nicht billig, aber Geld spiele ja wohl für einen Mann aus der Buchbranche keine Rolle.

Vor dem Hotel zahlte ich, und der Taxifahrer stieg aus, um mir die hintere Tür zu öffnen. Die Luft draußen fühlte sich so feucht an, als könne man sie auswringen. Der Fahrer fuhr davon, und auf der anderen Straßenseite sah ich einen Kanal oder Fluss oder einen Graben, über den Brücken führten. Gleich hinter dem Fluss ragten Lübecks Türme empor, von denen ich in

den Schulbüchern Bilder gesehen hatte, und ein Stück alte Stadtmauer. Ich betrat das Hotel.
Drinnen begrüßte mich der Portier. Ich fragte nach einem Zimmer, und als ich das Formular ausgefüllt hatte, sagte der Portier, dass für mich ein Zimmer reserviert sei und dass ich in Finnland anrufen solle. Er gab mir einen roten Zettel mit Saarelainens Namen. Das wunderte mich etwas. Der Portier trug meinen Koffer in das Zimmer in der dritten Etage hinauf und wartete auf das Trinkgeld. Ich sagte, ich hätte kein Kleingeld, und der Portier ging. Ich rief in den Korridor, dass ich später bezahlen würde, aber der Portier ging wortlos fort, ohne sich umzudrehen.
Ich suchte im Telefonbuch nach einem Hinweis, wie man nach Finnland telefoniert. Das Telefonbuch hatte mehrere Teile, und ich suchte lange, bis ich die Anleitung gefunden hatte, und noch länger dauerte es, bis ich sie begriffen hatte.
Saarelainen meldete sich sofort, als das Telefon in Finnland zu klingeln begann.
»Was ist los?«, fragte ich.
»Was soll los sein«, sagte Saarelainen. Er erzählte, dass er mit dem finnischen Konsulat in Hamburg ein Mittagessen für mich verabredet habe, am nächsten Tag um zwölf Uhr, und dass der Konsul versprochen habe, ein paar wichtige Leute einzuladen. Ich erzählte ihm, dass noch im Hafen die Kupplung des Wagens kaputtgegangen sei und dass ich ihn erst morgen wiederbekäme.

»In das Konsulat musst du gehen, und sei es auf allen Vieren«, sagte Saarelainen.

Ich versprach, mein Bestes zu tun. Als ich nach dem Wetter und Neuigkeiten aus Finnland fragte, wurde Saarelainen böse, sagte, ich sei erst zwei Tage aus Finnland fort, und legte auf. Ich kam nicht mehr dazu zu sagen, dass sich in zwei Tagen die Gesamtwetterlage ändern könne, wenn sich vom Atlantik her die Tiefdruckgebiete in Bewegung setzten.

Ich rief nochmals an und fragte nach der Anschrift des Konsulats. Saarelainen sagte, ich fände sie unter den Adressen, die er mir in Finnland gegeben hatte.

»Begreifst du überhaupt, was solche Gespräche kosten?«, fragte er. Ich sagte, ich wäre auch früher schon im Ausland gewesen und hätte von dort mit Finnland telefoniert. Saarelainen wies mich an, künftig vom Telegrafenamt aus anzurufen oder so viel Kleingeld bereitzuhalten, dass ich eine Telefonzelle auf der Straße benutzen konnte. Ich solle immer daran denken, dass ich auf einer Dienstreise sei und nicht im Urlaub, wo man das Geld verschwendet; jeder ausgegebene Pfennig schmälere den Verkaufserlös.

»Hattest du sonst noch was?«, fragte ich.

»Wie war die Reise?«, fragte er. Das könne ich jetzt nicht so genau schildern, sagte ich, aber ich sei noch am Leben.

Nach diesem Gespräch ging ich in die Hotelhalle hinunter und studierte die Landkarten, die dort aushingen. Der Portier gab mir umsonst eine Landkarte, die für Autovermietungen warb. Er trug mir nichts mehr nach, und ich ging mit der Karte in der Hand zurück auf mein Zimmer. Ich beschloss, am nächsten Morgen in der Bank deutsches Geld einzuwechseln und den Portier für die Freundlichkeit zu bezahlen, die er mir erwiesen hatte. Ich sah in meine Brieftasche und stellte fest, dass schon deutsches Geld darin war: Auf dem Schiff hatte ich ein ganzes Bündel Scheine eingetauscht, und mir fiel wieder ein, dass ich im Hafen schon das Nationalitätszeichen für Saarelainens Auto gekauft hatte. Jetzt hatte ich jedoch keine Lust, noch einmal hinunterzugehen.

Um zehn Uhr abends klopfte es bei mir. Ich fragte durch die Tür, worum es gehe, und wer da sei. Draußen stand Eija. Sie erzählte, sie habe vom Bahnhof aus ihre Schwester in Köln angerufen, aber die sei mit ihrem Mann in Jugoslawien auf Herbsturlaub und käme erst in ein paar Tagen zurück. Am Telefon sei der Sohn ihrer Schwester gewesen, der sich gerade anschickte, nach San Francisco zu reisen. Eija hatte beschlossen, noch in Lübeck zu bleiben und mit mir zusammen nach Süden zu reisen, wenn das Auto wieder in Ordnung war.

»Ich hatte auf einmal das Gefühl, dass du allein nicht zurechtkommst«, sagte sie.

Wir gingen ins Restaurant essen. Ich erzählte, was der Taxifahrer über das Essen im Larsen gesagt hatte, und wir sahen bald, dass er Recht gehabt hatte. Ich bezahlte die Rechnung und fragte Eija, wo sie die Nacht zu verbringen gedenke.

»Ich habe schon veranlasst, dass du ein Zweibettzimmer bekommst«, sagte sie.
»Haben die sich nicht darüber gewundert?«
»Was ist denn daran verwunderlich?«
»Haben die nicht gefragt, ob wir verheiratet oder sonst wie verwandt sind?«
»Warum sollten sie sich dafür interessieren?«, fragte Eija.
Ich stellte ihr keine weiteren Fragen. Oben im Zimmer bestimmte sie, in welchem Bett ich schlafen sollte, wer welche Handtücher bekam und wer zuerst ins Bad ging. Sie blieb lange im Badezimmer, und als die Reihe an mich kam, war das Bad bis zur Decke triefend nass und der Spiegel beschlagen.
Bevor sie einschlief, redete sie noch eine Weile und erzählte, dass sie solche alten Hotels gern habe. Ihrer Ansicht nach hatten sie etwas undefinierbar Sympathisches; etwas, das die Gemütlichkeit erhöhte.
Ich meinerseits erzählte, dass ich die neueren Hotels lieber hätte und solche, die an den Ausfallstraßen der Städte lagen. Besonders gern hätte ich Motels, bei denen man seinen Wagen direkt vor der Eingangstür parken und so ein Auge auf das Auto und die Sachen darin haben konnte.
Ich sprach lange. Ich weiß nicht, wann Eija einschlief, aber als ich überlegte, was ich als Nächstes sagen könnte, bemerkte ich, dass aus dem anderen Bett schon der gleichmäßige Atem eines schlafenden Menschen zu hören war.

Ich hatte sie noch fragen wollen, wie das Reisen mit einem fremden Mann und das Schlafen im selben Hotelzimmer zu ihrer Weltanschauung und zu der Weiterentwicklung ihrer Persönlichkeit passten, um die sie sich bemühen wollte. Ich hatte sie auch nach der Technik fragen wollen, mit der die Meditierenden sich selbst so weit entwickelten, dass sie fliegen konnten, wenn sie das denn konnten, und ob es dafür wirklich Beweise gab. Besonders die technische Seite der Sache interessierte mich. Ich war von klein auf an jeglicher Technik interessiert gewesen, und deshalb hatte mein Vater die letzten Jahre vor seinem Tod bei jeder unserer Begegnungen gesagt, dass aus mir ein guter Maschinenbauingenieur geworden wäre und dass meine Begabung in der Klempnerbranche vergeudet würde. Als Maschinenbauingenieur hätte aus mir etwas Großes werden können, auf diesem Gebiet hätte ich es im Leben einfach weit bringen können. Meine Frau hatte bei solchen Reden anfangs stets böse gelacht. Sie hatte keine sonderlich hohe Meinung von meiner Geschicklichkeit; in der letzten Zeit hatte sie das Zimmer verlassen, wenn mein Vater mit diesem Thema anfing. Ich hörte mir diese Reden dennoch gern an; ich war mir selbst nicht ganz sicher, ob das Schicksal mich für genau den Platz bestimmt hatte, an dem ich jetzt hängen geblieben war.

12

Am anderen Morgen wurden wir im Korridor des Hotels, im Fahrstuhl und im Speisesaal gegrüßt: Alle wünschten uns einen Guten Morgen, so als würden sie uns schon lange kennen. Eija sagte, das sei hier so Sitte. Das Frühstück war gut, und ich aß lange, vielerlei Brotsorten, dunkle und helle, Heringe und Salzfische, Würstchen, deren Füllung auch Gemüse enthielt, und deutsche Marmeladen. Nach dem Essen rauchte ich eine Zigarette. Ich erzählte Eija, dass ich mich am Abend gern noch länger mit ihr unterhalten hätte, weil mich besonders die Technik des Fliegenlernens interessierte, aber sie sei vorher eingeschlafen.
»Wir haben doch noch Zeit, bis wir in Köln sind«, sagte sie.
»Nach Köln komme ich vielleicht gar nicht«, sagte ich.
»Na, oder wo wir sonst hinkommen«, sagte sie.
Vom Zimmer aus rief ich meine Frau in Finnland an. Die Telefonzentrale ihrer Arbeitsstelle meldete sich, stellte zum Apparat meiner Frau durch und ließ mich dann warten. Ich saß, zählte die Minuten und dachte daran, wie viele Mark jede Minute kostete. Eija rumorte im Badezimmer, und ich befahl ihr, still zu sein. Die Zentrale teilte mir mit, dass meine Frau sich nicht melde. Ich sagte, dass ich aus Deutschland anriefe, und sie schickte jemanden, um meine Frau aus dem

Frühstücksraum zu holen. Es dauerte lange, bis meine Frau sich meldete. Sie fragte, ob es etwas Besonderes gebe.
»Nichts Welterschütterndes«, sagte ich.
»Sind die Gespräche von dort nicht ziemlich teuer?«, fragte meine Frau.
»Ich wollte dir nur erzählen, dass am Wagen die Kupplung kaputtgegangen ist, aber die wird heute repariert. Wir fahren dann Richtung Süden«, sagte ich.
»Wer wir?«, fragte meine Frau.
Darauf wusste ich so schnell nichts zu antworten und tat deshalb so, als hätte ich die Frage nicht gehört. Eija kam aus dem Bad und knallte die Tür zu.
»Ist da noch jemand im Zimmer?«, fragte meine Frau.
»Saarelainen hat mir seinen Hund zur Gesellschaft mitgegeben«, sagte ich.
»Einen Hund darf man doch ohne Quarantäne nicht nach Deutschland mitnehmen«, sagte meine Frau.
»Nein?«
»Was faselst du da eigentlich, Eino?«
»Vielleicht ist das der Kulturschock. Der erste Tag im fremden Land.«
Ich sagte, wir müssten Schluss machen, weil das Gespräch sonst zu teuer käme. Meine Frau wünschte mir alles Gute, und ich versprach, mich wie ein Mann zu halten.
»Von was für einem Hund hast du da eigentlich gesprochen?«, fragte Eija.

»Irgendwas musste ich mir doch einfallen lassen«, sagte ich.
»Ich versteh deine Moralbegriffe nicht«, sagte Eija.
»Ich bin ein altmodischer Mensch«, sagte ich.
Wir packten unsere Sachen und gingen zum Empfang hinunter. Ich bezahlte die Rechnung, dafür reichte mein Geld noch. Ich sagte Eija, dass ich Geld wechseln müsse, und bat sie, auf unser Gepäck aufzupassen. Ich ging in eine Bank. Wieder im Hotel, bat ich um ein Taxi und gab dem Portier ein Trinkgeld. Es war nicht derselbe, der mir abends geholfen hatte, aber das konnte ich jetzt nicht ändern.
»Du kannst ja meine Assistentin sein«, sagte ich im Taxi zu Eija.
»Wobei?«, fragte sie.
»Beim Verkauf der Bücher.«
Auch dieser Taxifahrer fragte uns, welche Sprache wir sprächen, und als ich erzählte, dass wir Finnen seien, erinnerte er sich, wie er mit seiner Frau und seinen Schwiegereltern Ende der sechziger Jahre zur Ruskazeit* bei Sodankylä und Ivalo Ausflüge gemacht hatte. Seine Schwiegereltern seien damals noch in guter Verfassung und rüstig gewesen, jetzt aber schon tot. Sie hätten die ganze Reise bezahlt. Er und seine Frau seien damals ein junges, kinderloses Ehepaar gewesen. Die Lappen seien mit ihnen im Motorboot irgendei-

* Mit dem ersten Frost über Nacht einsetzende Herbstfärbung von intensiver Leuchtkraft (A. d. Ü.).

nen Fluss hinaufgefahren. In dem Fluss hatte man angeblich sogar Gold gefunden, das sei eine Art finnischer Klondike gewesen – sicherlich der Ivalofluss, dachte ich bei mir – und die Lappen hätten ein tipiartiges Bauwerk errichtet, das dort »kota«* genannt wurde.

»Kota, kota«, wiederholte der Taxifahrer mehrmals. Die Lappen hätten ein Feuer angezündet und ihnen ein Essen aus dem Fleisch wilder Rentiere gekocht. Die liefen dort in Massen auf den Fjälls herum, und die Lappen lebten davon, dass sie diese wilden Rentiere fingen und die Touristen herumfuhren. Zur Nacht brauchten sie jedoch nicht in der Wildnis zu bleiben, sondern waren mit dem Boot flussabwärts zurück in besiedelte Gegenden gefahren, wo es ein Hotel und auch ein Restaurant gab.

»Es war wunderbar«, sagte der Taxifahrer.

Die rotbraun verfärbte Natur war ihm unvergesslich geblieben. Damals war es, als hätten die Berge und Täler in Flammen gestanden. So beschrieb er die Ruskazeit. Ich fragte, wie es dann weitergegangen sei. Der Taxifahrer erzählte, dass seine Ehe auseinander gegangen sei, weil er alle Abende habe fahren müssen. Seine Frau habe einen anderen Mann gefunden, einen, der mehr Zeit hatte. Eines Abends, als der Taxifahrer krank wurde und während der Arbeitszeit nach Hause kam, hatte die Frau mit diesem neuen Mann in ih-

* Lappenzelt oder -hütte (A. d. Ü.).

rem Ehebett gelegen. Als er, der Taxifahrer, anfing, Fragen zu stellen, war der neue Mann aus dem Bett gestiegen, hatte aus seiner Jackentasche eine Pistole genommen und sie auf ihn gerichtet. Seiner Ansicht nach wäre das nicht nötig gewesen; er war es gewöhnt, Streitfragen im Gespräch zu lösen.

Wir kamen nach Travemünde und fuhren auf den Hof der Tankstelle. Ich bezahlte und steckte die Quittung ein. Der Taxifahrer wünschte uns alles Gute; an Finnland hatte er jedenfalls angenehme Erinnerungen, und es war nicht die Schuld Finnlands, dass seine Frau einen anderen Mann gefunden hatte. In Finnland waren sie sehr glücklich gewesen. Das Leben war nun einmal so, und der Taxifahrer trauerte seiner Frau nicht mehr nach. Er traf regelmäßig seine Kinder, die schon erwachsen waren, und hatte jetzt auch mehr Freude an ihnen, in kleinen Portionen. Während der Ehe waren die Kinder noch klein gewesen und ständig irgendwie zu sehr anwesend. Sie hatten einen zu großen Teil der Zeit beansprucht, die der Taxifahrer zu Hause verbringen konnte.

Der Besitzer der Reparaturwerkstatt, der gestern die Arbeit angenommen und versprochen hatte, sie bis heute fertig zu machen, kam aus seinem Glaskabuff im hinteren Teil der Werkstatt heraus und sagte, dass die Kupplung jetzt in Ordnung sei.

Ich fragte nach dem Preis, und er nannte ihn. Ich bat um eine Quittung. Der Werkstattmann sah mich lange an und erklärte dann, dass es in seiner Werkstatt nicht

üblich sei, für nächtliche Arbeiten Quittungen auszustellen.
»Warum nicht?«, fragte ich.
»Begreifst du denn nicht?«, fragte Eija.
Der Werkstattmann sagte, er habe das gestern so verstanden, als es hieß, die Arbeit sei eilig. Er habe die neue Kupplung nachts aus der eines japanischen Autos drehen müssen, weil mein Kleinbus ein so altes Modell war, dass sich dafür in ganz Lübeck keine passende Kupplung mehr auftreiben ließ, keine alte und auch keine neue.
»Aber wie soll ich das Saarelainen beweisen?«, sagte ich zu dem Mann.
»Er kennt Saarelainen nicht«, sagte Eija.
»Aber ich kenne ihn«, sagte ich.
»Saarelainen muss das eben auch so glauben«, sagte Eija.
Der Werkstattmann sagte, dass er dieses Gespräch satt habe und dass er mir die gewünschte Quittung schreibe, der Betrag darauf werde jedoch mindestens doppelt so hoch sein wie der, den er vorhin genannt hatte. Ich zahlte schnell, was er verlangte. Der Werkstattmann stopfte die Geldscheine in die Brusttasche seines Blaumanns und öffnete die Türen der Werkstatt. Ich fuhr rückwärts hinaus, der Wagen schien in Ordnung zu sein. Ich öffnete das vordere Fenster und dankte für die gute Arbeit. Er wünschte mich an einen Ort, den ich nicht verstand. Ich kannte dieses deutsche Wort nicht, und Eija war nicht bereit, es mir zu

übersetzen, sondern lachte, hörte aber auf zu lachen, als ich fragte, ob das Lachen über Grobheiten und überhaupt die Kenntnis deutscher Grobheiten zu der Charakterbildung gehöre, um die sie sich bemühte, um ein besserer Mensch zu werden.
Ich wendete im Hof der Werkstatt und fuhr in Richtung Hamburg. Der Nieselregen, der schon den ganzen Morgen angedauert hatte, verstärkte sich jetzt zu richtigem Regen, und während der ganzen Fahrt nach Hamburg goss es in Strömen. Dazu blies ein kräftiger Wind, und an offenen Stellen packte er den Transporter und versuchte, ihn von der Straße abzudrängen. Ich war gespannt, wie ich in Hamburg das Konsulat finden würde.

13

Eija riet mir, in der Nähe eines Taxistands zu halten, wo die Taxis in langer Schlange standen, jetzt, wo der Vormittag zu Ende ging und die Taxis das morgendliche Geschäft hinter sich hatten. Ich parkte den Transporter am Straßenrand an einer Stelle, wo es erlaubt war, und ging zur Ecke, schrieb den Namen der Straße in mein Notizbuch und, als ich wieder beim Auto war, dazu die Nummer des Hauses, vor dem der Wagen stand.

»Ob ich ein Buch mitnehmen sollte?«, fragte ich.

Eija riet mir, sogar zwei Bücher mitzunehmen. Im Hotel hatte ich meinen guten dunklen Anzug angezogen, ein weißes Hemd und eine Krawatte, die meiner Ansicht nach gut zu dem dunklen Anzug passte. Ich fand, dass Eijas Aufzug nicht zu dem eleganten Rahmen passte, in dem der Lunch des finnischen Handelsrats in Hamburg stattfinden würde, und forderte sie auf, wenigstens ihre Turnschuhe gegen etwas anständigere Schuhe zu vertauschen. Eija wollte widersprechen, suchte aber dann aus ihrer Tasche andere Schuhe heraus.

Aus dem Laderaum des Autos nahm ich zwei Bücher, prüfte, ob die Türen wirklich fest zu waren, und dann gingen wir zu einem Taxi, wobei ich immer noch Eijas Kleidung bemängelte. Ich sagte, der Konsul bekäme ein schlechtes Bild von uns; die finnischen Verlagsvertreter seien immer gut gekleidet.

»Du hast doch sonst mit Installationsgeschäften zu tun«, sagte Eija.

Ich nannte dem Taxifahrer die Adresse des Konsulats; dann sah ich mir Saarelainens Bücher an.

»Für solche Gelegenheiten hätte er einige Bücher signieren sollen«, sagte ich.

»Das spielt wohl kaum eine Rolle«, sagte Eija. Ich sah, dass sie gekränkt war, weil ich ihre Kleidung kritisiert hatte.

»Gehört zur Charakterbildung nicht auch, dass man wegen einer Kritik an der eigenen Person nicht gleich

beleidigt ist? Zumal, wenn sie berechtigt ist?«, fragte ich.
»Davon verstehst du nichts«, sagte Eija.
»Saarelainens Autogramm auf dem Titelblatt hätte einen guten Eindruck gemacht«, sagte ich.
»Das ist denen doch scheißegal«, sagte Eija.
Ich verbot ihr, so zu sprechen, es konnte sein, dass der Taxifahrer solche Wörter verstand, durch die die Finnen überall in der zivilisierten Welt bekannt geworden waren. Doch der Fahrer sagte nichts. Wir fuhren eine Straße entlang, die hoch oben am Steilufer eines Flusses entlang führte. Unten sah ich den breiten Strom, wo große Schiffe vor Anker lagen, und Hafenanlagen an beiden Ufern des Flusses, Gabelstapler, die die Kais entlangfuhren, und Lastzüge, die in langen Reihen auf das Be- und Entladen warteten.
Ich öffnete Saarelainens Buch in der Mitte und blätterte zum Anfang der Erzählung zurück. Sie hieß »Von Grün umgeben«. Darin wurde von einem Mann erzählt, der auf dem alten Gut seiner Großeltern in Ranua mitten in der Einöde lebte. Er hatte das Wohnhaus der Gärtnerei in Ordnung gebracht, das am Einstürzen gewesen war, und lebte gut, naturgemäß und sauber. Die Dorfbewohner hatten kein Vertrauen zu ihm. In der Erzählung wurde geschildert, wie der Mann im Hochsommer wochenlang keine andere Farbe als das Grün der Wälder und Wiesen und das Blau des Himmels sah. Ich erzählte Eija von der Geschichte, und sie sagte, dass sie sich daran erinnere.

»Ich hab mich gewundert, dass der Mann viele Wochen lang nicht seine Hütte gesehen hat«, sagte Eija.
»Vielleicht war die ja auch grün«, schlug ich vor.
»Kein Mensch streicht sein Haus grün an.«
»Wenn er nun in der Hütte gesessen hat?«
»Wochenlang?«
Ich vermutete jedoch, dass eine solche Erzählung den Deutschen gefallen könnte, weil sie sich hier in ihrer verschmutzten Umwelt und inmitten ihrer Industriegebiete nach einem natürlichen und sauberen Leben und nach unberührter Wildnis sehnten. Das alles zog die Deutschen Sommer für Sommer zu uns in den Norden, ebenso der Friede, den man in der Einöde finden konnte.
»Die Deutschen lieben den Frieden«, sagte ich.
Der Taxifahrer hielt und zeigte auf eine Gartenpforte. Dahinter sei das Konsulat. Ich zahlte, und wir stiegen aus. Hinter dem Zaun tummelten sich zwei Hunde, so groß wie Kälber. Als wir an die Pforte kamen, begannen die Hunde zu bellen und sprangen dagegen; bald kam ein stämmiger Mann mit einem Regenschirm aus dem Hause. Ich nannte meinen Namen und erzählte von Saarelainens Mitteilung, nach der wir heute hier zu Mittag geladen waren.
Jetzt öffnete der Mann die Pforte, verbot uns, die Hunde anzufassen, weil sie uns dann beißen würden, und gab uns die Hand, und ich verstand, dass das der Konsul selbst war. Er nahm Eija unter seinen Regenschirm. Einer der Hunde sprang mich an und legte

mir seine Pfoten auf die Schultern, mit seiner Schnauze suchte er mein Gesicht. Der Konsul empfahl mir, keine Angst zu zeigen, ein Hund wittere das. Ein Mensch in Angst verströme einen besonderen Geruch, den der Hund wahrnehme. Von den Hundepfoten blieben auf meinem weißen Hemd große Schmutzflecke zurück, die ich mit dem Taschentuch bearbeitete. Der Konsul befahl den Hunden, ihm zu folgen. Es war eine mir unbekannte Rasse. Während sie neben dem Konsul hergingen, schlugen sie ihn mit ihren langen, muskulösen Schwänzen, die Kabelenden ähnelten. Der Konsul sagte, die anderen Gäste seien schon da, und wir könnten bald essen. Er fragte, wie unsere Reise gewesen, und ich, wer sonst noch eingeladen sei.

»Ein Buchhändler, und dann die Leute vom Handelsbüro«, sagte der Konsul.

»Das ist ja schön«, sagte ich.

»Wir nehmen diese Unternehmung sehr ernst«, sagte der Konsul. Er erzählte, dass er oft finnischen Verlegern geholfen habe, die neue Bücher auf den deutschen Markt bringen wollten, doch hätten finnische Bücher es in letzter Zeit schwer gehabt, der deutschen Kundschaft ins Bewusstsein zu dringen.

»In den dreißiger Jahren war das ganz anders«, sagte der Konsul.

Wir gelangten ins Haus. Die Hunde ließ der Konsul nicht hinein, sie mussten draußen bleiben. Die anderen Besucher standen auf der verglasten Terrasse, und nachdem der Konsul uns allen Gästen und seiner Frau vorgestellt hatte, füllte das Personal die Gläser. Der Buchhändler schien ein sehr alter Mann zu sein, der schon schwer hörte.

»Schön, dass Sie Ihre Tochter mitgebracht haben«, sagte er zu mir.

»Nein, das ist meine kaufmännische Assistentin«, sagte ich.

»So etwas erweitert den Horizont der Jugend. Dass sie andere Länder und Menschen sieht«, sagte der Buchhändler.

»Das ist nicht meine Tochter«, sagte ich.

Der Buchhändler sann über meine Worte nach, er sah Eija und mich prüfend an. Der Konsul erhob jetzt sein Glas auf das allseitige Gelingen unseres gemeinsamen Unternehmens; wieder einmal gehe es um die Festigung der kulturellen Bande zwischen unseren Völkern, speziell auf dem Buchsektor, der besonders uns Finnen lieb und wichtig sei, so wie den Völkern aller kleinen Sprachgebiete. Der Konsul fügte hinzu, dass die finnische Literatur auch heutigentags lebenskräftig und ihr hohes Niveau eine überall in der Welt anerkannte Tatsache sei, dass die Sprache jedoch eine erschreckend hohe Hürde darstelle, besonders wenn es um die Übersetzung in die Weltsprachen gehe. Er beklagte, dass er selbst wegen der vielfältigen Aufgaben seines Amtes kaum dazu käme, schöngeistige Literatur zu lesen, aber sobald er in Pension gehe, werde er das Versäumte nachholen. Seine Frau habe schon eine

lange Liste von Büchern zusammengestellt, die er als Pensionär lesen müsse. So habe er auch Saarelainen noch nicht lesen können, aber er vertraue darauf, dass man in Finnland keinen schlechten Schriftsteller ins Deutsche übersetzen und dass Finnland nicht versuchen würde, schlechte Literatur nach Deutschland zu verkaufen, weil die Handelsbeziehungen zwischen unseren Ländern immer auf gegenseitigem Vertrauen basiert hätten; er selbst habe sich seinerseits all die Jahre, die er unser Vaterland in Hamburg habe vertreten dürfen, bemüht, in diesem Sinne zu wirken. Auf diese Rede leerten wir alle unser Glas.
Der Buchhändler erinnerte sich, in den dreißiger Jahren viele finnische Schriftsteller kennen gelernt zu haben, als diese in der Luxusvilla des Deutschen Schriftstellerverbandes an der Ostsee ein- und ausgingen. Damals habe die deutschen und die finnischen Schriftsteller tiefer Patriotismus und der Glaube verbunden, dass das Schicksal die Völker Finnlands und Deutschlands mit festen Banden aneinander gebunden habe. Nach diesen Worten begann der Buchhändler mich anzustarren: Ich sagte, ich sei kein Schriftsteller, sondern meine Arbeit sei der Verkauf von Büchern.
Der Buchhändler tätschelte Eija die Wange und sagte, dass die Literatur einen jeden präge, der auf diesem Gebiet arbeiten dürfe; die Literatur bilde und mache einen zu einem etwas besseren Menschen. Er habe das in seiner eigenen Buchhandlung sogar an den einfachen Lagerarbeitern beobachtet, die auf einem deutlich höhe-

ren geistigen Niveau standen als beispielsweise die Lagerarbeiter in den Handelsketten der Klempnerbranche, die tagtäglich nur mit Klosetts, Waschbecken und Wasserhähnen zu tun hatten.
»Ihre Tochter ist sicherlich derselben Meinung«, sagte der Buchhändler und streichelte Eija die Schulter.
»Habe ich nicht Recht?«, sagte er zu Eija.
»Ja, allmählich scheint es mir auch so«, sagte Eija.
Die Frau des Konsuls kam und sagte, dass das Essen fertig sei, und bat uns zu Tisch. Der Buchhändler hakte Eija unter, verbeugte sich und setzte ihr etwas auseinander, was ich nicht hören konnte, denn sie gingen vor mir. Ich sah, dass die Frau des Konsuls mich anschaute und freundlich lächelte. Ich wurde unsicher und wusste nicht, ob ich sie zu Tisch führen sollte, deshalb verdrückte ich mich hinter den Rücken des Konsuls und schlüpfte durch die Tür ins Esszimmer.

14

Beim Hauptgericht überlegte ich mir, dass ich wohl eine Rede halten müsse, weil das Essen meinetwegen arrangiert worden war. So sprach ich über die Zusammenarbeit der deutschen und der finnischen Zulieferindustrie für die Klempnerbranche, die schon vor den Kriegen begonnen hatte und die nach einer kurzen

Unterbrechung in den vierziger Jahren von den fünfziger Jahren bis zum heutigen Tage in einer beide Seiten zufrieden stellenden Weise andauerte. In meiner Rede verglich ich die Buchbranche mit der Klempnerbranche. Ich äußerte meine Überzeugung, dass wir durch gemeinsame Anstrengung Ergebnisse erzielen würden. Ich hob mein Glas und schlug vor, auf die künftige Zusammenarbeit zu trinken. Alle tranken.
Der Buchhändler sprach von den Schwierigkeiten, mit denen sich die Buchhandlungen in Deutschland heute konfrontiert sehen; die Jugend lese keine gute, niveauvolle Literatur, sie verbringe ihre Zeit lieber mit Computerspielen und harten Videofilmen, als »Die Leiden des jungen Werthers« zu lesen. Das Buch erlebte nach Ansicht des Buchhändlers eine Krise. Diesmal tranken wir auf eine bessere Zukunft des Buchhandels. Die Branche war ohne eigenes Verschulden in Schwierigkeiten geraten, bedrängt sowohl von den Kunden als auch von den Verlegern, und heutzutage erschienen nicht genug interessante Bücher, die ausreichende Verkaufserfolge erzielten.
»Den Schriftstellern fehlen große Themen«, sagte der Buchhändler. Der Konsul äußerte die Vermutung, dass ein schöner Krieg nach alter Art in Mitteleuropa die Rettung des Buchhandels sein könnte. Wehmütig erinnerte sich der Buchhändler an die Zeiten nach dem Krieg und noch in den fünfziger Jahren, als Bücher die einzige große Freizeitbeschäftigung gewesen waren, die sich den Deutschen bot, und obschon der

Durchschnittsbürger solche Unterhaltungsliteratur gelesen hatte, an deren Verfasser sich heute niemand mehr erinnerte, wurden damals alljährlich auch Tausende und aber Tausende Exemplare von Goethes und Schillers Werken verkauft.

Ich sagte, dass meiner Ansicht nach in den Buchhandlungen mehr darauf geachtet werden müsste, wie die Bücher den Leuten dargeboten werden: Wenn man die Bücher in langweiligen Regalwänden zusammenpferchte und diese auch noch vom Fußboden bis zur Decke reichten, habe ein gewöhnlicher Kunde keine Lust, dort ein Buch zu suchen. Es gebe überhaupt viel zu viele Bücher, in der Klempnerbranche dagegen habe die Entwicklung zur Standardisierung der Erzeugnisse und zu einer Verringerung des Angebots geführt. Auch vermutete ich, dass die Vielzahl der Bücher den Buchhandelskunden deprimiere, weil es vom Standpunkt der Wissensvermehrung so sinnlos erscheine, ein oder zwei Bücher zu lesen, während es davon Zehntausende gebe. Schon das Lesen eines einzigen Buches sei sehr mühsam und schwierig, verglichen zum Beispiel mit dem Ansehen einer Videokassette, und nehme sehr viel mehr Zeit in Anspruch; dennoch habe man mit der Lektüre eines einzigen Buches nur vielleicht ein Zehntel Promille des Buchlagers selbst einer kleinen Buchhandlung bewältigt.

Den Kaffeetisch hatte die Frau des Konsuls in der zum Garten gehenden Glasterrasse gedeckt. Die Hunde tollten auf dem nassen Rasen herum, der vom

Regen gepeitscht wurde. Die Leute aus dem Konsulat und aus dem Handelsbüro versicherten übereinstimmend, dass der Herbst auch hier regnerisch und deprimierend gewesen sei. Dasselbe beteuerte ich vom Wetter in Finnland.

Der Buchhändler fragte, ob ich das Buch bei mir hätte, um dessen Verkauf es ging. Ich holte ein Exemplar aus der Tasche meines Mantels in der Garderobe und reichte es dem Buchhändler.

»Wie viele davon haben Sie?«, fragte er.

»Dreitausend.«

»Ich glaube, dass Sie mit dem Verkauf keine Schwierigkeiten haben werden«, sagte der Buchhändler.

»Das hört man gern«, sagte ich.

»Ich kann gleich fünf Stück übernehmen.«

Ich äußerte die Vermutung, dass das für den Buchhändler kein allzu gewagtes Unternehmen sei. Der Buchhändler hörte es nicht und sagte, dass er die Bücher natürlich nicht kaufen könne, aber gern in Kommission nehme und sofort mit mir abrechnen wolle, wenn sie verkauft sein würden.

»Als Verkaufsprovision nehme ich fünfzig Prozent vom Ladenpreis«, sagte er.

Ich fand, dass das ein hoher Prozentsatz war, aber der Buchhändler erzählte, in diesem Lande sei er normal. Ich sagte, das treibe den Preis des Buches übermäßig in die Höhe, denn ich hatte pro Band für mich selbst zwanzig D-Mark verlangen wollen. Der Buchhändler hielt den Preis für ein so sauber gebundenes Buch kei-

neswegs für zu hoch, schlug das Buch auf, las das Titelblatt und sann einen Augenblick darüber nach.
»Ist dieser Saarelainen Kommunist?«, fragte er.
»Soviel ich weiß, nicht«, sagte ich.
»Weshalb hat er dann seinem Buch einen solchen Titel gegeben? Fünfzehn Meter nach links? Da wird der deutsche Leser sofort denken, man wolle ihm hier kommunistische Lehren aufdrängen.«
»Da kommt nichts dergleichen vor«, sagte auch Eija.
»Hier haben viele Leute Verwandte in Ostdeutschland, und man weiß hier, wie das Leben in einem kommunistischen Staat aussieht. Da braucht niemand aus Finnland zu kommen, um uns das zu erzählen«, sagte der Buchhändler.
Der Konsul fragte auf Finnisch, ob ich mit Sicherheit wüsste, dass Saarelainen kein Kommunist sei oder wenigstens arg nach links tendierte: Hatte es vielleicht gerade daran gelegen, dass die Bücher sich hier auf dem normalen Distributionsweg nicht hatten verkaufen lassen?
Ich wusste nicht, was ich sagen sollte.
»Der Titel kommt daher, dass eine der Novellen so heißt. Darin kommen ein Mann und eine Frau vor, die nicht mehr so recht miteinander auskommen. Sie sind zusammen in Urlaub, und beide versuchen, sich darüber klar zu werden, ob ihre Beziehung sich noch reparieren lässt. Sie reden nicht viel miteinander, gehen die Straßen der Kleinstadt entlang – oder eigentlich ist das so ein Touristenzentrum –, aber weil sie außerhalb der

Saison dort sind, ist alles leer, die großen Hotels und die Parks. Dort gibt es nur die Einwohner, und der Regen prasselt auf die Spielplätze und den Sandstrand nieder«, erklärte Eija.

»Aber weshalb dann ›nach links‹?«, fragte der Buchhändler.

»Das ist da nur so ein Gedanke des Mannes«, sagte Eija.

»Es wäre besser gewesen, ›nach rechts‹ zu denken«, sagte der Buchhändler.

»So hat der Mann aber nun einmal gedacht«, sagte Eija.

»Das ist doch eine Übersetzung. Der Übersetzer hätte die Stelle doch so ändern können, dass sie sich für die Deutschen besser eignet«, sagte der Buchhändler. Er begann zu zittern, legte das Buch auf den Tisch, umfasste die Armlehnen des Stuhles und brachte kein Wort heraus. Die Frau des Konsuls brachte ihm einen Kognak.

Der Konsul fragte, wo wir übernachten wollten. Ich sagte, wir seien unterwegs nach Hannover, dort wolle ich den Einkaufsleiter eines Warenhauses treffen: den Namen und die Adresse hätte ich in Finnland bekommen. Ich hoffte, dass die Warenhauskette eine etwas größere Partie des Buches übernähme. Die Leute aus dem Konsulat übersetzten das dem Buchhändler. Er wurde wieder böse und behauptete, gerade die Tatsache, dass die Buchabteilungen der Warenhäuser ihre Bücher zu Schleuderpreisen verkauften, sei der

Hauptgrund für das Sterben des deutschen Buchhandels und für das jämmerliche Niveau der deutschen Literatur.

»Aber Sie hatten doch immerhin Heinrich Böll«, sagte der Konsul.

»Und viele andere«, sagte die Frau des Konsuls.

»Wir haben einen großen Mangel an jungen Autoren, die haben einfach keine Themen mehr. Und keine Lebenserfahrung, aus der sie beim Schreiben schöpfen könnten«, sagte der Buchhändler. Er bat um einen zweiten Kognak, und der wurde ihm auch sofort gebracht.

Er sagte, ich solle ihm anderntags Saarelainens Bücher in die Buchhandlung bringen, und zwar am Vormittag. Ich sagte, dass ich dann schon in Hannover sein wolle. Der Buchhändler sagte, wir müssten unbedingt in seine Buchhandlung kommen, denn er wolle sie mir, seinem neuen finnischen Geschäftspartner, zu Ehren unserer künftigen, wer weiß wie langen Zusammenarbeit zeigen.

»Sagen Sie nicht, ich sei zu alt, um noch langfristig etwas zu planen«, sagte er und drohte mir mit dem Finger.

»Aber nein«, sagte ich.

Der Buchhändler sagte, die Konsulatsangestellten sollten für uns sofort telefonisch zwei Zimmer im Hotel Vier Jahreszeiten reservieren lassen, das Vertretern der finnischen Buchbranche ein ausreichend hohes Niveau biete. Ich fragte, ob das Hotel sehr teuer sei.

Der Buchhändler sagte, das Hotel sei für gewöhnliche Sterbliche sehr teuer, für finnische Verleger jedoch, die wohlhabend wären und in Hamburg in einer ihrer Würde entsprechenden Umgebung wohnen müssten, sei diese Preisklasse gerade angemessen. Ich sagte, ich wolle nur Bücher verkaufen, aber das hörte der Buchhändler nicht – oder er wollte es nicht hören.
Die Assistentin des Konsuls kam bald und meldete, dass sie Zimmer bekommen habe. Der Buchhändler fragte, ob sie daran gedacht habe, nebeneinander liegende Zimmer zu bestellen: Dabei zwinkerte er den Leuten vielsagend zu. Der Konsul brach in lautes Gelächter aus; das hörten die Hunde draußen, und sie kamen ans Fenster und bellten und fletschten die Zähne.
Ich versprach, dass wir am Vormittag kommen und uns die Buchhandlung ansehen würden, in der die ersten fünf Exemplare von Saarelainens Buch jetzt angeboten und hoffentlich auch bald verkauft würden. Der Buchhändler versicherte, er glaube, dass er sehr bald eine weitere Partie meiner Bücher bestellen müsse. Zu diesem Zweck solle ich morgen in der Buchhandlung meine Adresse hinterlassen.
Bei Kaffee, Kognak und Long Drinks plauderten wir bis in den späten Nachmittag hinein. Ins Hotel fuhren wir mit dem Taxi, machten aber zunächst einen Abstecher zum Auto. Ich war beschwipst und wagte nicht, im nachmittäglichen Berufsverkehr durch das Zentrum von Hamburg zu fahren. Deshalb holten wir unser Gepäck aus dem Auto. Im Hotel legte ich mich

aufs Bett und versuchte zu erraten, wie viel in einem solchen Hotel zwei Einzelzimmer kosteten.
Abends rief Eija an und fragte, ob ich mit essen ginge: Sie sei in der Stadt herumgelaufen und habe im Zentrum eine vegetarische Gaststätte gefunden, in die sie gehen wolle. Ich sagte, dass ich mir auf dieser Reise einen solchen Luxus wie ein Essen nicht mehr leisten könne.
Ich lag in meinem Zimmer und versuchte, wieder einen klaren Kopf zu bekommen. Ich hörte, wie Eija in ihr Zimmer kam, dort hin und her ging und mit ihren Sachen hantierte. Ich überlegte, wie sich der Übergang zu vollvegetarischer Ernährung auf einen Mann wie mich auswirken und wie er meine Trinkfestigkeit, die ich nicht für schlecht hielt, beeinflussen würde. Auf Trinkfestigkeit war ich bei meiner Arbeit angewiesen, sodass ich nicht wagte, sie durch irgendeine Diät aufs Spiel zu setzen. Mittags beim Essen im Hause des Konsuls hatte Eija jedoch Fleisch gegessen. Mit diesem Gedanken schlief ich ein.
Morgens bezahlte ich beide Zimmer. Als ich den Gesamtbetrag der Rechnung erblickte, hatte ich das Gefühl, als drängten sich mir Tränen aus den Augen, aber ich wischte sie schnell mit dem Jackenärmel ab. Das Personal in diesem Hotel war sehr höflich. Man trug unser Gepäck auf die Straße hinaus und hätte uns auch ein Taxi besorgt, aber ich sagte, wir wollten lieber zu Fuß gehen, ein Morgenspaziergang tue uns gut. Dem Türsteher erzählte ich, dass ich zu Hause in Finnland

allmorgendlich vor der Arbeit einen Dauerlauf machte und auf diese Weise etwas für meine Kondition täte. Der Türsteher hielt den Dauerlauf für eine gute Methode, Beweglichkeit und Arbeitsfreude auch im mittleren Alter noch zu bewahren.

15

Wir überlegten, wie wir am besten zu dem Transporter kämen. Wir gingen zu Fuß, weil wir uns mit den Bussen nicht auskannten, und trugen unser Gepäck. Wir fragten die Entgegenkommenden nach dem Weg, und die Deutschen berieten uns gern. Nur zwei ältere Männer und eine ältere Frau sagten zu uns, für die jugoslawischen Gastarbeiter wäre es das Beste, sie blieben in Jugoslawien und hörten auf, sich in Hamburg herumzutreiben und den Leuten auf die Nerven zu fallen, aber als wir erzählten, dass wir Finnen und Leute aus der Buchbranche seien, waren sie besänftigt und erklärten uns den Weg.

Eija hatte genug vom Laufen und meinte, wir sollten ein Taxi nehmen; ich sagte, wir hätten an diesem Morgen ein neues Leben begonnen, zu dem Sparsamkeit und Bescheidenheit bei allen Ausgaben gehörten. Ich erzählte ihr, dass durch die Hotelrechnungen in Lübeck und Hamburg in meiner Reisekasse bedenkliche

Ebbe herrsche und auf der Habenseite noch nichts stehe als die fünf Bücher, die der alte Buchhändler zum Verkauf übernehmen wollte. Das sei noch kein Erfolg, um dessentwillen man eine Flasche Sekt köpfen müsste.

Zu guter Letzt mussten wir doch ein Taxi nehmen und fuhren damit zu dem Transporter. Daneben stand ein deutscher Polizist in seiner Uniform und mit Schirmmütze. Ich fragte, ob wir irgendwie die Gesetze des Landes verletzt hätten. Der Polizist verneinte das, aber ein voll geladener Transporter in dieser Gegend sei für Diebe und Automarder eine so große Versuchung, dass er mich eigentlich wegen Anstiftung zum Verbrechen verhaften müsste.

Weiterhin erzählte er, dass in derselben Gegend gerade der Wagen eines schwedischen Industriellen am helllichten Tage ausgeräumt worden und aus dem Auto das gesamte Gepäck, das Radio und die Kreditkarten des Mannes, kurz: alles gestohlen worden sei. Außerdem sei die Frau, die mit ihm reiste, nicht seine eigene Frau gewesen, obwohl sie das anfangs auf der Polizeiwache behauptet hatten. Bei diesen Worten sah der Polizist Eija an, und ich sagte, Eija sei meine Tochter, sah aber, dass der Polizist mir nicht glaubte. Ich versprach, künftig besser darauf zu achten, wo ich mein Auto parke.

Der Polizist fragte, wo wir übernachtet hätten; warum hätte ich den Wagen nicht im Hof des Hotels geparkt? Ich sagte, wir hätten im Hotel Vier Jahreszeiten übernachtet. Der Polizist betrachtete einen Augenblick lang Saarelainens Transporter, Eija und mich, winkte dann müde ab, sprang auf sein Motorrad und war im nächsten Moment außer Sicht.

Wir stiegen ein. Alles war anscheinend so, wie wir es verlassen hatten. Eija suchte auf dem Hamburger Stadtplan die Stelle, wo sich die Buchhandlung befand, und ich beklagte, dass der Polizist genau in dem Moment verschwunden war, wo er zu etwas nütze gewesen wäre. Mit einem Stift zeichnete ich die Route in die Karte ein und fuhr los. Auf der Karte war die Route gerade und klar gewesen, aber kaum waren wir losgefahren, da verfuhren wir uns auch schon und gerieten in Einbahnstraßen, die wir nicht in der gewünschten Richtung durchfahren konnten. Ich hielt auf Kreuzungen, und die deutschen Autofahrer hupten und drohten uns mit der Faust. Sie kurbelten auch die Seitenfenster ihrer Wagen herunter und riefen uns Sätze zu, die ich nicht verstand und die Eija nicht übersetzen wollte.

Bald musste ich zugeben, dass wir uns verirrt hatten. Ich hielt ein Taxi an und bat den Fahrer, uns zu der Buchhandlung zu lotsen.

Als ich dem Taxifahrer die Adresse nannte, glaubte er mir nicht, dass ich den Weg dorthin nicht gefunden hatte. Er riet mir zu verduften. Ich verstand, was er sagte, ich hatte das Wort an dem Nachmittag beim Konsul von dem alten Buchhändler gelernt. Ich musste den Taxifahrer im Voraus entlohnen, ehe er einwil-

ligte, vor uns her zu fahren. Bei der Buchhandlung gab er mir schnell das Wechselgeld heraus und fuhr ohne ein Wort des Dankes davon.
Ich fand keinen Parkplatz für den Wagen und fuhr durch ein Tor in den Innenhof, aber dort stand ein Wächter mit Schirmmütze, ein alter Mann mit lauter Stimme, der sagte, dass im Innenhof nur parken dürfe, wer dort einen Standplatz gemietet habe.
So mussten wir den Wagen in großer Entfernung von der Buchhandlung abstellen. Ich verpackte Saarelainens Bücher gut, damit sie nicht nass würden, falls es wieder anfing zu regnen, während wir vom Auto zu der Buchhandlung gingen. Gleich nachdem wir uns auf den Weg gemacht hatten, begann es auch tatsächlich zu regnen, und ich nahm das Bücherpaket unter meinen Mantel. Eija erzählte, dass am Abend zuvor in der vegetarischen Gaststätte deutsche Spezialisten für Meditation gewesen wären, die ihr Adressen von Leuten gegeben hätten, die sie in der Schweiz aufsuchen sollte, aber diese Deutschen hätten gewusst, dass nur ein solcher Mensch fliegen lernen könne, der seinen Geist lange genug mit Haschisch oder anderen, das Lernen beschleunigenden Vegetabilien vom physischen Körper gelöst habe. Sie hatten auch Eija angenehme Erfahrungen versprochen, aber Eija hatte diese Erfahrungen zumindest jetzt noch nicht machen wollen. Ich sagte, ich hätte schon lange vermutet, dass es um Rauschgift gehe; aber in meinen Wagen werde so etwas nicht gebracht, denn ich wolle es nicht mit der

Polizei zu tun bekommen. Ich sei ein ehrlicher Mensch und auf Geschäftsreise in Deutschland.

In der Buchhandlung fragten wir nach dem Buchhändler. Man geleitete uns in das Zimmer eines jungen Mannes in der zweiten Etage. Ihm erzählte ich, dass wir gestern den Buchhändler anlässlich eines Essens beim finnischen Handelskonsuln kennen gelernt hätten und dass er, der Buchhändler, uns versprochen habe, fünf Exemplare der Novellensammlung des finnischen Autors Saarelainen »Fünfzehn Meter nach links« in Kommission zu nehmen. Wir seien gekommen, um die Bücher zu bringen und die Möglichkeiten der Buchhandlung, finnische Literatur zu verkaufen, kennen zu lernen.

Der junge Mann lachte mich an und erzählte, dass sein Vater das Geschäft schon seit vielen Jahren nicht mehr führe, weil es damit unter seiner Leitung bedrohlich bergab gegangen sei. Er habe in der letzten Zeit seiner Tätigkeit für all seine Läden Bücher genau von der Art eingekauft, wie auch ich sie anscheinend unter dem Arm hatte, Anthologien von unbekannten ausländischen Autoren, Gedichtsammlungen und Stücke deutscher Autoren, die kein Theater aufführen wollte. Die deutsche oder zumindest die Hamburger Leserschaft wolle solche Bücher nicht einmal in die Hand nehmen.

Ich sagte, sein Vater sei bei unserem Gespräch sehr optimistisch gewesen, was die Chancen, Saarelainens Buch zu verkaufen, betraf, worauf der Sohn erwiderte, dass er das wohl glaube. Mit seinem Optimismus habe der Vater in seinen letzten Jahren eine gut gehende Kette von acht Buchhandlungen an den Rand des Konkurses gebracht. Er selbst habe das Familienunternehmen gerettet, indem er alle anderen Geschäfte außer dem, in dessen Obergeschoss wir uns jetzt befanden, verkauft habe, und dieses sei durchaus nicht das rentabelste der Ladenkette gewesen. Es sei ihm nur deshalb geblieben, weil niemand es habe kaufen wollen. Er habe die Buchhandlung zu einem modernen Laden umgestaltet, ihn hell und freundlich gemacht, Videospiele und Computer, Taschenrechner, Kochbücher und Segelbücher ins Programm aufgenommen, außerdem Bücher, in denen sachlich und korrekt von den verschiedenen Variationsmöglichkeiten des Sexuallebens berichtet werde, weil die Deutschen nur solche Bücher schätzten. Etwas anderes anzubieten sei Zeit- und Geldverschwendung. Er habe alle Novellensammlungen von Ausländern und die Gedichtbände und nie aufgeführten Dramen deutscher Autoren in die Antiquariate und ins Altpapier befördert und auf diese Weise wenigstens ein paar Pfennige dafür bekommen; einige Bände seien auch aus den Zwei-Marks-Grabbelkisten verkauft worden, die auf dem Bürgersteig ständen.

Dennoch nahm er eines von Saarelainens Büchern in die Hand, schlug es auf und starrte lange auf das Titelblatt, suchte dann am Ende des Buches das Inhaltsverzeichnis und las es.

»Was glauben Sie, wer hier ein solches Buch lesen möchte?«, fragte er.

»Solche Leute gibt es bestimmt«, sagte ich.
»Ganz bestimmt gibt es niemanden«, sagte er.
»Wollen Sie damit sagen, dass Sie nicht für die Bestellung ihres Vaters einstehen?«, sagte ich.
»Genau das«, sagte er.
Ich nahm dem Buchhändler das Buch aus der Hand und trat in den Gang hinaus. Eija kam, halb im Laufschritt, hinterher: Ich marschierte aus dem Haus hinaus und im Regen zum Wagen.
Ich saß schon im Auto, als Eija die Tür öffnete und einstieg. Wir sahen uns auf dem Stadtplan an, wie wir aus der Stadt hinaus und auf die Autobahn nach Hannover kämen. Wieder zeichnete ich mit dem Stift die Route in die Karte ein und fuhr los. Es wunderte mich, dass der Sohn nicht für die Bestellung seines Vaters aufkam, obwohl doch so viele Leute sie bezeugen konnten. Ich kannte das deutsche Handelsrecht nicht, vermutete aber, dass sich darin sicherlich ein Paragraf finden würde, aufgrund dessen man den Sohn dazu verurteilen könnte, die Bücher in Kommission zu nehmen, denn die Deutschen waren ein korrektes Volk und hatten bei der Abfassung ihrer Gesetze bestimmt auch an eine solche Möglichkeit gedacht. Eija fand, dass es sich nicht lohne, wegen fünf Büchern in Hamburg einen Prozess anzustrengen.
Auf der Autobahn waren wir erst am späten Nachmittag.

16

Auf der Autobahn begann Eija von ihrer Schwester zu erzählen, die in den sechziger Jahren einen deutschen Mann geheiratet hatte; ihre Schwester hatte zuvor an der Universität Helsinki germanische Sprachen studiert und war fast fertige Kandidatin der Philosophie gewesen, als sie diesen Deutschen kennen lernte. Anfangs hatte sie behauptet, ihn nur zur Verbesserung ihrer Sprachkenntnisse zu treffen, sich aber bald in Köln als Hausfrau wieder gefunden.
Den Entschluss der Schwester hatten auch die finnischen Frauenzeitschriften beeinflusst, die in den sechziger Jahren die finnischen Männer in Bausch und Bogen verdammt hatten. Nach Ansicht der Redakteure hatten die finnischen Männer nicht solche geschmeidigen Umgangsformen wie die Italiener und die Spanier, schenkten den Frauen keine Beachtung und legten sich bei den Vorspielen zum Liebesakt auch nicht so energisch ins Zeug wie die deutschen Männer, die sich nach Angaben der Frauenzeitschriften dieser Sache ebenso zielstrebig widmeten wie allen anderen ihnen übertragenen Aufgaben: dem Entfachen von Weltkriegen, der Entwicklung von Volkswagen, der Vernichtung von Juden, der Verschmutzung der Umwelt und der Eroberung des Welthandels.
Außerdem wurde in den Frauenzeitschriften der sechziger Jahre ständig darüber geschrieben, dass die

finnischen Männer in Hinsicht auf die Hygiene ihrer unteren Regionen weit hinter ihren mitteleuropäischen Brüdern zurückstünden.
In den sechziger Jahren hatte dann eine große Menge finnischer Mädchen nach Deutschland geheiratet, darunter auch Eijas Schwester, und jetzt saßen sie hier fest und waren unglücklich, weil sie keine Möglichkeit hatten, wieder wegzukommen. Viele von ihnen hatten im ersten Liebesrausch ihre gute finnische Staatsangehörigkeit, die zumindest den Frauen anscheinend nicht viel bedeutete, gegen die deutsche eingetauscht. Diejenigen, die ihre Staatsangehörigkeit nicht gewechselt hatten, mussten die Erfahrung machen, dass nach deutschem Recht im Falle einer Ehescheidung die Kinder immer dem deutschen Mann zugesprochen wurden. Das war für viele eine bittere Erfahrung und hatte manch eine klein beigeben lassen, weil Frauen nun einmal sehr an ihren Kindern hängen.
»Aber es sind ja nun wohl nicht alle unglücklich hier?«, sagte ich.
»Alle, jede Einzelne«, sagte Eija.
»Auch in Finnland gibt es unglückliche Ehen«, sagte ich.
»Davon hab ich noch nichts gehört«, sagte Eija.
»Und Sinn der Ehe ist kein so unbeständiger und undefinierbarer Zustand wie das Glück«, sagte ich.
»Was dann?«
»Es ist eine Form des Zusammenlebens«, sagte ich.
»Ich jedenfalls sage Nein, danke«, sagte Eija.

»Das war auch gar kein Antrag«, sagte ich.

Eija erzählte noch, dass ihre Schwester Anfang der siebziger Jahre ihren Manfred fleißig den Verwandten und besonders den alten Freunden daheim in Finnland vorgeführt habe. Dort waren Manfreds farblich gut aufeinander abgestimmte Hosen, Pullover und pastellfarbene Hemden jahrelang Gegenstand des Staunens und der Bewunderung gewesen, und Eijas Schwester hatte ihren Manfred und seinen weißen BMW auch gern ihren ehemaligen Freunden gezeigt und erzählt, dass der Tacho des Wagens auf der Autobahn leicht die zweihundert übersprang. Eijas ehemalige Freunde hatten damals nach dem Studium gerade ihre ersten Arbeitsstellen angetreten und versuchten, die Raten für die Rückzahlung der Studienanleihe aufzubringen, ihre eigenen und die ihrer Frauen, und das für ihre erste eigene Wohnung notwendige Kapital zusammenzusparen.

In der zweiten Hälfte der siebziger Jahre war der Schwester jedoch klar geworden, dass derselbe Manfred, den sie in so vielen Sommern den Tanten als einen wahren Mustergatten und ein für die Sippe errungenes Prachtstück präsentiert hatte, jede Woche einen halben Nachmittag in der Sauna eines Bordells verbrachte, wo er auf den Schwitzbänken und im Solarium fünf, sechs Stunden lang die Mädchen begaffte und sich allerlei Massage und Körperpflege angedeihen ließ. Seinen eigenen Angaben nach war er immer im Kegelklub gewesen.

Das hatte die Schwester verbittert, und Manfred hatte sich auch auf kein Gespräch darüber eingelassen, obgleich – wie die finnischen Frauenzeitschriften behaupteten – der mitteleuropäische Mann auch in der Hinsicht ganz groß war, dass er, anders als die maulfaulen finnischen Herren der Schöpfung, immer bereit war, mit seiner Frau über alles zu sprechen, was sie bewegte, und sich einer Frau gegenüber so verhielt, wie es sich gehörte: also wie gegenüber einem vernünftigen, denkenden und schöpferischen Wesen.
Manfred hatte die Fäuste sprechen lassen, als die Schwester die Kegelabende zur Sprache brachte, hatte sie dann eine Woche lang angeschwiegen und sich schließlich auf eine zweiwöchige Dienstreise nach Süddeutschland abgesetzt, eine Dienstreise, deren Unvermeidlichkeit sich nach Ansicht von Eijas Schwester, die darüber mit ihrem Mann sprechen wollte, nicht durch ihre Plötzlichkeit erklärte. Auch spätere Gespräche hatten kaum eine Klärung gebracht. Manfred hatte nach der Rückkehr von seinen Reisen dargelegt, was Eijas Schwester zu akzeptieren hätte, wenn sie weiterhin das Faulenzerdasein einer Kölner Hausfrau zu führen gedachte, und dabei war keine Rede davon gewesen, dass Manfred sein Verhalten ändern würde. Die Schwester war kurzentschlossen zu ihren Eltern gefahren, dann aber zurückgekehrt, nachdem die Polizei die Kinder aus Finnland weggeholt hatte.
»Sie sind doch aber immer noch verheiratet«, sagte ich.

»Das ist doch nur eine Form des Zusammenseins«, sagte Eija.

»Da müssen sich beide anpassen«, sagte ich.

»So ist es wohl«, sagte Eija.

Sie bekam Hunger und fragte, ob ich sie bis Hannover leiden lassen wolle. Ich sagte, ich wollte vor Ladenschluss in Hannover sein und hoffte, noch heute mit dem Warenhaus, dessen Adresse ich von Saarelainen bekommen hatte, zu einem Vertragsabschluss zu kommen. Andernfalls hätten wir wieder einen ganzen Tag mit Hin- und Herfahrerei vertan.

Eija sagte, dass sie daran kein bisschen Schuld trage. Ich fragte, ob sie auf mich böse sei, weil ihr Schwager ins Bordell geht und mit seiner knochigen deutschen Faust ihre Schwester bearbeitet. Ich sagte, ich hätte bemerkt, dass es in der Welt eine dem ganzen männlichen Geschlecht gemeinsame Sünde gebe, für die sich heutzutage alle Männer fortwährend verantworten müssten, obwohl sie an der Vermehrung dieser Sünde überhaupt nicht beteiligt gewesen waren. Eija äußerte die Vermutung, dass ich bestimmt meinen Teil dazu beigetragen hätte.

Da die Hinweisschilder eine Autobahnraststätte ankündigten, begann ich, danach Ausschau zu halten, und fuhr dann von der Autobahn zur Tankstelle hinauf. Das Restaurant fand sich am Abhang hinter der Tankstelle, ein lang gestrecktes, einstöckiges, weiß getünchtes Gebäude.

Ich parkte den Transporter, und wir stiegen aus. Es

regnete jetzt kaum noch, aber der Wind trieb graue Wolkenfetzen mit einer solchen Geschwindigkeit über den Himmel, dass ich das Gefühl bekam, selbst in Bewegung zu sein und umzukippen, wenn ich sie ansah. Zwischen den großen, tief hängenden Wolkenfetzen sah ich eine zweite Wolkenschicht, einen schwarzen, gleichmäßigen Teppich, der nichts Gutes verhieß.
Im Lokal stellten wir an der Selbstbedienungstheke unser Essen zusammen, Kartoffelsalat und karottenfarbene Würstchen, neben die die Kassiererin Senf in kleinen Plastikpackungen legte. Ich nahm ein Glas Bier, Eija wollte keines. Sie sagte, Bier wirke sich abträglich auf das Meditieren aus. Ich sagte, mir sei noch kein Mantra zugeteilt worden, aber vielleicht bekäme ich es ja noch auf dieser Reise. Eija wollte das Gespräch über dieses Thema nicht fortsetzen.

17

Vor Hannover gerieten wir in lange, langsam dahinkriechende Autoschlangen, die ihren Grund in Straßenbauarbeiten hatten, und so erreichten wir die in die Innenstadt führende Straße erst gegen sieben Uhr abends. Wir mussten uns ein Nachtquartier suchen; der Einkäufer der Kaufhauskette würde an diesem Tag nicht mehr zu erreichen sein.

Eija hatte den Stadtplan offen vor sich liegen, sie hatte ihn an der Raststätte bekommen, wo wir gegessen hatten. Während wir im Stau standen, sah sie auf der Karte nach, wie wir am besten ins Stadtzentrum kämen, um dort ein Hotel zu suchen. Aber ich war vom Fahren, vom Stehen im Stau und von dem dichten Verkehr so müde, dass ich, als ich an der Zufahrtsstraße in die Stadt am Rande eines Parks ein Motel entdeckte, dorthin fuhr und Eija bat, sich zu erkundigen, ob sie dort freie Zimmer hätten.
Zu dieser Jahreszeit gab es die offenbar reichlich. Ich musste ein Formular ausfüllen, wir bekamen den Schlüssel und gingen ins Zimmer hinauf. Ich fragte Eija, warum sie wieder ein Doppelzimmer genommen habe, aber ihr war es dabei um nichts als um das Sparen gegangen, und sie erinnerte mich daran, wie ich sie in Hamburg durch die halbe Stadt hatte laufen lassen, weil ich mit dem Geld so knapp war, dass ich mir kein Taxi leisten konnte. Sie ging in die Dusche, sprang nackt, nur in ein Handtuch gewickelt, im Zimmer herum und holte aus ihrer Tasche Shampoo und sonstige Kosmetika.
Ich fragte, ob sie gar keine Bedenken habe, sich mir in so mangelhafter Bekleidung zu zeigen, ich sei schließlich schon lange von zu Hause fort und könne doch auch noch Leidenschaften haben. Sie rief mir aus dem Badezimmer zu, sie könne sich nicht vorstellen, an welcher Stelle meines Körpers die versteckt sein könnten.

Ich trat auf den Balkon. Das Zimmer lag in Höhe der Baumwipfel. Unten war ein Park, in dem Deutsche spazieren gingen. An den Ecken der Parkwege sah ich Schilder, aber aus dieser Entfernung konnte ich nicht erkennen, was darauf geschrieben stand. Ich rauchte, von meiner Angewohnheit, zum Rauchen an die Luft zu gehen, konnte ich noch nicht lassen. Auf dem Balkon wurde mir kalt, ich spuckte auf die Zigarette, um sie auszumachen, und bemerkte dann, dass am Boden des Balkons eine Pfütze stand, in der man etliche Zigaretten hätte ausdrücken können. Ich schnippte die Kippe weit weg in das Laub der Bäume und kehrte ins Zimmer zurück. Eija war aus der Dusche gekommen und kämmte sich, nur mit Büstenhalter und Slip bekleidet, vor dem Spiegel das Haar. Ich fragte, wo sie hin wolle.

»Ich habe von einem Lokal gehört, wo man hingehen sollte.«

»Von was für einem Lokal?«

»Das ist nichts für dich.«

Sie erzählte, sie habe vom Portier von einem Jugendtanzlokal gehört, wo ganz Hannover hingehe. Mir empfahl sie, in eine Institution zu gehen, die sich mehr für ältere Leute eignete, zum Beispiel in die Oper. Ich sagte ihr, dass ich nie in die Oper ging, weil die als Kunstform irgendwie verlogen sei, und forderte sie auf, sich anzuziehen; unsere Bekanntschaft sei noch nicht so nah, dass wir nackt voreinander herumhüpfen müssten. Auf dem Bettrand sitzend, zog sie sich

ihre Jeans an, machte ein verdrossenes Gesicht und fragte mich, ob ich ihr ein paar Zehner pumpen könne. Damit zog sie dann ab.
Ich saß den ganzen Abend vor dem Fernseher. Gegen Mitternacht schlief ich ein, mein Schlaf war jedoch unruhig. Mehrmals knipste ich die Leselampe an, sah auf die Uhr und verfolgte die langsame Bewegung der Zeiger. Dabei überlegte ich, was wohl mit Eija passiert war.
Eija kam erst gegen Morgen. Ich lag in tiefem Schlaf, erwachte aber, als sie versuchte, in ihr Bett zu gelangen, ohne das Licht einzuschalten, und dabei gegen das Fußende des Bettes stieß. Ich tat, als schliefe ich, und sagte nichts.
»Eino, schläfst du?«, fragte sie viele Male aus dem Dunkeln.

18

Als ich am Morgen erwachte, ging ich sofort in die Dusche und zog mich an. Eija erwachte, als ich im Zimmer umherging, wollte aber nicht aufstehen; sie bat mich, ich solle mich ihrer erbarmen und versuchen, mich so im Zimmer zu bewegen, dass sie schlafen könne.
»So wie man sich bettet, so liegt man«, sagte ich finster.

Ich wollte wissen, warum sie mich nachts immer wieder gefragt hatte, ob ich schliefe. Und ob es ihrer Ansicht nach schicklich sei, dass ein Mädchen ihres Alters nachts um vier ins Hotel kommt? Wo denn ihre guten Vorsätze geblieben seien; auf das Meditieren hätten sich die Ereignisse der Nacht bestimmt nicht gerade günstig ausgewirkt. Eija erwiderte nichts und wandte mir den Rücken zu, die Decke rutschte herunter, und ich sah, dass sie nackt geschlafen hatte. Ich zog ihr die Decke über den Leib.

»Zieh dir was an, bevor ich wiederkomme«, sagte ich.

»Eino, erbarme dich«, schrie Eija aus ihren Decken.

»Weißt du noch dein Mantra?«, konnte ich mir nicht verkneifen zu sagen, als ich das Zimmer verließ.

Im Restaurant bestellte ich ein Frühstück. Die dicke Kellnerin brachte es mir, Kaffee und Speck und gebratene Eier. Ich hatte keinen Hunger. Ich trank den Kaffee und rauchte. In meinem Notizbuch sah ich nach der Adresse des Kaufhauses, in das ich fahren wollte. Ich bat die Kellnerin, das Frühstück auf meine Hotelrechnung zu setzen. Daraufhin wollte sie meinen Zimmerschlüssel sehen. Ich fragte sie, ob sie meine, dass ich ins Ausland gefahren sei, nur um dieses kleine Motel am Stadtrand von Hannover um den Preis eines Frühstücks zu prellen? Die Kellnerin äußerte die Vermutung, dass man auch auf diese Weise eine Menge Geld sparen könne, wenn man es regelmäßig machte. Ich ging in die Halle und bat, telefonieren zu dürfen. Der Portier zeigte mir das öffentliche Telefon neben der Eingangstür; dort führte gerade eine Frau ein Gespräch. Ich sagte dem Portier, dass ich dringend geschäftlich telefonieren müsse, aber er hörte gar nicht hin. So wiederholte ich meine Worte, doch er zuckte die Achseln und würdigte mich keines Blickes.

Ich stellte mich neben die Frau und wartete darauf, dass sie ihr Gespräch beendete; die Frau sah mich an und drehte mir dann den Rücken zu. Ich überlegte, was für Münzen ich zum Telefonieren brauchen würde, und kramte Ein- und Zweimarkstücke aus der Tasche. Als ich endlich anrufen konnte, meldete sich unter der Nummer des Warenhauses ein automatischer Anrufbeantworter, und eine Frauenstimme teilte mit, dass das Geschäft um neun Uhr geöffnet würde.

»Danke schön«, sagte ich aus Versehen. Ich legte auf und blickte hinter mich, um festzustellen, ob jemand bemerkt hatte, dass ich zu einem automatischen Anrufbeantworter gesprochen hatte.

Als ich ins Zimmer kam, schlief Eija. Ich nahm meinen Mantel und legte auf den Tisch einen Zettel mit der Mitteilung, dass ich noch am Vormittag zurückkäme, weil wir das Zimmer bis Mittag räumen müssten. Währenddessen wachte Eija nicht auf.

In der Empfangshalle fragte ich den Portier, mit welchem Bus ich ins Stadtzentrum käme und wie die Adresse zu finden sei, die ich suchte. Ich verstand den Portier schlecht und musste mehrmals nachfragen. Er riet mir, ein Taxi zu nehmen. Ich dachte bei mir, wenn ich mich jetzt auf die Suche nach einer Bushaltestelle machte, würde der Portier meinen, ich hätte kein Geld, und als Bezahlung für das Zimmer unser Gepäck beschlagnahmen. Bis wir das dann wiederbekämen, müssten wir erst tausend Dinge erklären, und vielleicht bekämen wir es auch mit der Amtsgewalt zu tun. Mit der war in keinem Lande zu spaßen, aber ich wusste, dass die Polizei in Deutschland, wo das Schikanieren der Leute eine lange Tradition hatte, besonders kleinlich war.

Ich bat den Portier, ein Taxi zu rufen, und gab ihm ein Fünfmarkstück zum Lohn für seine Mühe. Er warf nicht einmal einen Blick auf die Münze, ließ sie aber in seiner Jackentasche verschwinden. Ich verließ das Hotel. Es regnete. Ich sah zu, wie das Regenwasser auf dem Hof Sand und Kippen und sonstigen Müll mit sich fortschwemmte. Lange musste ich unter dem Vordach des Hoteleingangs stehen und auf das Taxi warten.

Der Taxifahrer fragte mich sofort, aus welchem Land ich käme. Er sah auch selbst nicht wie ein Deutscher aus, und als ich ihn danach fragte, erzählte er, dass er aus Ägypten stamme. Er habe sein Land verlassen müssen, als Sadat ägyptischer Staatspräsident war, weil er in den Zeitungen Artikel gegen Sadat veröffentlicht hatte, in denen er ihn König Sadat nannte. Man hatte ihn ins Gefängnis gesperrt, nach der Haft zur Grenze und mit einem Fußtritt ganz aus dem Land expediert. Der Taxifahrer bekannte, Sozialist zu sein, obwohl er jetzt in Hannover ein gut gehendes

Unternehmen von fünf Taxis besaß. Deutsche Knechte waren rund um die Uhr mit seinen Wagen unterwegs, und er selbst setzte sich gewöhnlich nicht ans Lenkrad, aber jetzt hatte einer der Knechte angerufen und gesagt, er sei krank. So musste er selbst fahren, vermutete aber, dass diese Krankheit etwas zu plötzlich aufgetreten sei, um etwas anderes zu sein als ein Kater. Für ihn als Arbeitgeber sei es jedoch schwierig, das dem Arbeitnehmer auf den Kopf zuzusagen, weil er dann die Gewerkschaft auf den Hals bekäme, die immer die Arbeitgeber auf dem Kieker hatte.

Die ganze Zeit über regnete es so stark, dass ich von der Stadt nicht viel sah. Wir kamen zu dem Warenhaus, und ich bezahlte das Taxi: Wir wünschten einander alles Gute – zwei Menschen aus fremdem Land im deutschen Regen.

Beim Warenhaus suchte ich nach dem Treppenaufgang zu den Büros, lief im Regen von Tür zu Tür und bekam ganz nasse Füße. Ich bemühte mich, die mitgebrachten Bücher vor dem Nasswerden zu schützen, aber das wurde allmählich schwierig. Schließlich fand ich den richtigen Eingang und erfuhr in der Information, wo sich das Büro des Einkaufsleiters Ruppmann befand.

Es vergingen keine fünf Minuten, und ich begriff, dass dieser Ruppmann zumindest heute kein Buch kaufen würde. Gleich nachdem ich meine Sache vorgetragen hatte, erbat er sich einen Band zur Ansicht, drehte und wendete ihn und besah ihn sich von allen Seiten, blätterte darin herum und las das Inhaltsverzeichnis. Das gab mir die Gelegenheit, diesen stattlichen deutschen Mann in aller Ruhe zu mustern. Er war so grobknochig, dass man den Eindruck hatte, als bestünde er zu fünfundneunzig Prozent aus Knochen und alle seine Knochen wären groß, und an den Armen sah ich unter der dichten Behaarung dicke, knotige Gelenke. Er trug einen blauen Anzug, ein hellblaues Hemd und eine blaue Krawatte mit dem Warenzeichen des Herstellers oberhalb der Taille. Seine Strümpfe waren dunkelblau, und in der äußeren Brusttasche des Jacketts steckte ein Taschentuch in der Farbe des Hemdes. Das Haar war lockig, und die schon hoch hinaufreichenden Geheimratsecken, in denen die erhabenen Nahtstellen der Schädelknochen deutlich erkennbar waren, kündeten von beginnender Glatzenbildung.

»Weshalb glauben Sie, dass unsere Kunden dieses Buch lesen möchten?«, fragte er, nachdem er sich das Buch eine Weile angesehen hatte.

»Weil es so interessant ist«, sagte ich. Ruppmann begann zu lachen, entnahm einer Dose auf dem Tisch

eine Zigarette, bot auch mir eine an und gab mir mit seinem goldfarbenen Feuerzeug Feuer.
»Wie viel Bände haben Sie davon?«
»Knapp dreitausend.«
Ruppmann wunderte sich, dass ich einer so großen Kette eine so kleine Partie verkaufen wollte. Er war es gewohnt, größere Geschäfte zu tätigen und mit Vertretern umzugehen, die über einträgliche Transaktionen verhandelten.
Ruppmann fragte, woher ich seinen Namen und die Anschrift seiner Firma bekommen hätte. Als er hörte, dass ich sie von Saarelainen, dem Autor des Buches, und dieser wiederum vom Finnischen Außenhandelsverband bekommen hatte, klagte Ruppmann, dass man ihm von dort ständig Leute mit Produkten auf den Hals schickte, die in Deutschland keinerlei Aussicht auf Erfolg hatten.
»Ich glaube schon, dass Saarelainens Buch die Deutschen interessiert«, versuchte ich zu behaupten.
»Weshalb?«, fragte er wieder.
»Weil darin von Finnen und von Finnland die Rede ist. Dafür haben die Deutschen sich immer interessiert«, sagte ich.
»Ich hatte den Eindruck, als spielten mehrere Erzählungen im Ausland«, sagte Ruppmann.
»Interessiert das Ausland die Deutschen nicht?«
»Nicht, wenn es von einem Finnen beschrieben wird«, sagte Ruppmann.
»Ihre Landsleute kommen jeden Sommer zu Zehn-

tausenden nach Finnland. Finnland ist bei den Deutschen ein sehr beliebtes Urlaubsland«, sagte ich.
»Und Sie haben nur so ein paar Bände davon.«
»Wir können noch welche nachdrucken lassen, das ist kein Problem«, sagte ich.
»Na, nun warten Sie mal noch mit dem Nachdrucken«, sagte Ruppmann. Seine Sekretärin kam an die Tür und sagte, der nächste Besucher warte schon, er habe einen Termin. Ruppmann sagte, er werfe mich jetzt hinaus, gebe mir aber die endgültige Antwort morgen um zehn Uhr. Er fasse Beschlüsse niemals nach nur einer Sitzung, keine positiven und keine negativen; bis morgen habe er das Buch auch gelesen und könne sagen, ob es auf dem deutschen Markt und in den Buchabteilungen seiner Kette eine Chance habe. Ich war so verblüfft, dass ich nichts anderes herausbekam als »Danke sehr, danke sehr«.
Die Sekretärin geleitete mich hinaus. Der nächste Besucher stand schon im Vorzimmer, ein korrekt gekleideter Handelsvertreter mit einem Aktenkoffer in der Hand. Er rückte seine Krawatte zurecht und konzentrierte sich offenbar auf das Verkaufsgespräch so wie ein Sportler auf die zu erbringende Leistung: Man sah dem Mann deutlich an, dass er in vielen Kursen geschult worden war. Ich wünschte ihm Glück, er nickte.
Die Sekretärin brachte mich bis auf den Gang. Ich gelangte mit dem Fahrstuhl ins Erdgeschoss und durch die Haustür auf die Straße. Immer noch goss es in

Strömen. Ich ging zurück ins Warenhaus und bat, man möge mir ein Taxi rufen. Man erklärte mir, dass es zu dieser Tageszeit und bei diesem Wetter unmöglich sei, ein Taxi zu bekommen. Die Frau an der Information war nicht bereit, mir zu erklären, wie ich zu meinem Hotel käme.

Lange stand ich unter dem Vordach des Warenhauses und rauchte. Es regnete so stark, dass ich meinte, der Regen müsse bald aufhören. Obgleich ich unter dem Dach geschützt stand, war die Luft doch so feucht, dass ich das Gefühl hatte, schon allein davon völlig durchnässt zu werden. Der Pförtner des Warenhauses kam zwei Mal an die Glastür, um mich angelegentlich in Augenschein zu nehmen, beim dritten Mal trat er heraus und forderte mich auf wegzugehen, ich hätte keine Veranlassung, dort den ganzen Tag zu stehen und den Weg zu versperren.

»Ich warte darauf, dass es aufhört zu regnen«, sagte ich.

»Warten Sie irgendwo anders darauf«, sagte er.

Ich sagte, ich käme von einer Besprechung mit Abteilungsleiter Ruppmann, aber der Pförtner sagte, er kenne keinen Abteilungsleiter Ruppmann, und als ich sagte, dass Ruppmann für alle Einkäufe dieses Warenhauses und auch aller anderen Filialen der Kette in Deutschland zuständig sei, sagte der Pförtner, dass solche Ruppmänner ihn überhaupt nicht interessierten, sein Vorgesetzter sei der Sicherheitschef des Warenhauses, und ihm sei er verantwortlich für die unde-

finierbaren Typen, die Zeit hätten, mit einem harten Gegenstand unter dem Mantel neben der Eingangstür des Warenhauses herumzulungern.
Ich wurde wütend und ging in den Regen hinaus. Im Handumdrehen war ich völlig durchnässt. In einiger Entfernung sah ich auf der anderen Straßenseite eine überdachte Bushaltestelle, und als ich dorthin kam, an deren Wand einen Stadtplan, in den die Busrouten mit verschiedenfarbigen Linien eingezeichnet waren. Ich stand lange vor der Karte und suchte die Stelle, wo sich das Motel befand. Meinen Standort fand ich auf der Karte sofort, weil viele Deutsche ihren Zeigefinger darauf gedrückt und dadurch die Karte so abgenutzt hatten, dass dort jetzt ein dunkles Loch war. Ich fand weder das Motel noch den daneben gelegenen Park und fragte eine alte Frau um Rat, die unter der Überdachung auf den Bus wartete. Sie blieb stumm. Als ich noch einmal fragte, wandte sie mir den Rücken zu.
So vertiefte ich mich wieder in den Stadtplan, aber das Motel fand ich nicht. Zwei ältere Männer kamen zur Haltestelle. Ich fragte sie, und sie erklärten mir, wie ich zu meinem Motel käme. Die Frau, die nicht mit mir hatte reden wollen, sagte jetzt zu den Männern, dass es in Deutschland auch für die Einheimischen nicht genug Arbeit gebe und dass man alle Türken zurück in die Türkei jagen sollte, woher sie gekommen seien.
»Oder in den Ofen stecken wie bei Hitler«, sagte ich. Darauf verstummten sie alle drei. Als der Bus kam,

stiegen wir ein. Der Fahrer gab mir einen Umsteigefahrschein und versprach, Bescheid zu sagen, wenn ich aus- und in eine andere Linie umsteigen musste. Ich blieb in seiner Nähe stehen. Meine Sachen waren so nass, dass der Gedanke ans Hinsetzen mir unangenehm war: Ich musste lange stehen und mich an den Stangen im Bus festhalten. Die Frau, die mich an der Bushaltestelle für einen Türken gehalten hatte, stieg vor mir aus. Dabei stieß sie mir mit der Spitze des Regenschirms schmerzhaft in die Seite. Unwillkürlich schrie ich auf, aber die Frau entschuldigte sich nicht. Ich war davon überzeugt, dass sie das absichtlich getan hatte, und später im Hotel sah ich, dass sich an meinen Rippen ein großer blauer Fleck gebildet hatte. An der Umsteigehaltestelle musste ich lange auf den Anschlussbus warten. Es war die Haltestelle einer Vorstadt, an der es keinerlei Schutz gegen den Regen gab. Schließlich kam der Bus, aber ich musste auch diesmal lange stehen, ehe der Fahrer meine Haltestelle ausrief.

Der Bus war nicht in die Nähe des Motels gefahren. Ich sah es jenseits eines großen lehmigen Feldes liegen; bis dahin war es ein Weg von mindestens einem halben Kilometer. Am Rande des Feldes hielt ich einen Augenblick Umschau, um herauszufinden, wie ich es umgehen und zum Motel gelangen könnte. Der Weg kam mir so weit vor, dass ich keine Lust hatte, einen Umweg zu machen. So marschierte ich querfeldein. Der Boden war weich, und meine Schuhe waren bald voller nassem Matsch. Ich überlegte, ob ich den Preis für neue Schuhe als Spesen verbuchen könnte, und ob Saarelainen bereit wäre, diese Kosten von unseren Verkaufseinnahmen abzuziehen. Das Feld war auch mit allerlei Müll übersät, den die Leute dort hingeworfen hatten: vergilbtes Papier, verrostete Fahrräder und Apfelsinenschalen, die die Sonne irgendwann gebleicht hatte und die vom Regen zu unförmigen Gebilden aufgeweicht worden waren. Das Motel schien überhaupt nicht näher zu kommen, obwohl ich lange durch den Schlamm watete. So hörte ich auf, das Motel anzustarren, und blickte beim Gehen nur auf meine Füße, wie sie sich aus dem Schlamm hoben und dorthin zurück versanken, und auf all das, was dort in dem Matsch herumlag. Größeren Müllhaufen wich ich aus. Ich dachte an die Opfer, die die Handelsvertreter für ihren Wohlstand bringen mussten, wenn sie versuchten, finnische Produkte auf dem Weltmarkt zu verkaufen. Diese Überlegungen gaben mir Kraft.

20

Triefend nass und verdreckt kam ich in die Empfangshalle des Motels. Der Portier wollte mich hinausjagen, erkannte mich aber nach genauerem Hinsehen und entnahm einem der Fächer, die sich hinter ihm an der

Wand befanden, den Zimmerschlüssel und einen Briefumschlag.
»Ihre Frau ist schon abgefahren, sie hat mich gebeten, Ihnen das hier zu geben«, sagte er und reichte mir Schlüssel und Brief.
Ich nahm ihm beides aus der Hand und drehte den Brief um. Es war ein zugeklebtes Hotelcouvert, auf dem mein Name stand. Im Zimmer zog ich alle meine Sachen aus, ließ sie im Badezimmer auf den Boden fallen und las, was Eija mir mitteilte.
Sie schrieb, sie und die Jungs hätten das Auto genommen und seien nach Köln vorgefahren, weil sie in dem verregneten Hannover nichts zu tun hätten. Ein Paket Bücher hätten sie mir gelassen, damit würde ich wohl auskommen.
Mit was für Jungs, überlegte ich. Der Brief enthielt auch den Namen, die Adresse und die Telefonnummer von Eijas Schwester. Eija empfahl mir, mit der Bahn nach Köln zu kommen, wenn ich hier meine Angelegenheiten erledigt hätte.
Lange stand ich unter der warmen Dusche und überlegte, was ich tun sollte. Das Telefon klingelte, und ich lief tropfnass dort hin. Der Portier fragte, wann ich die Absicht hätte, mein Zimmer zu verlassen: Es sei schon nach zwölf. Ich sagte, ich käme bald. Dann fragte ich, mit was für Männern meine Begleiterin weggefahren sei. Der Portier erwiderte, es sei nicht seine Sache, solche Dinge zu erzählen, zu seinem Beruf gehöre es, über dergleichen Stillschweigen zu bewahren. Er sehe

niemals etwas, höre nichts und sage nichts, obschon er alles wisse. Ich dankte. Der Portier begann sich zu erinnern, dass Eija mit zwei jungen Männern das Hotel verlassen habe. Sie hatten gegen zehn Uhr vormittags nach ihr gefragt, waren ins Hotelzimmer hinaufgegangen und hatten sich dort eine Weile aufgehalten. Alle drei hatten im Hotelrestaurant gefrühstückt und das Frühstück auf meine Rechnung setzen lassen. Soweit der Portier es verstanden hatte, sprachen die Männer mit Eija Englisch. Ich bat den Portier, auch meine übrigen Rechnungen fertig zu machen, ich käme bald hinunter.

Ich zog trockene Sachen an und packte die nassen in die Plastiktüte einer Wäscherei, die ich in einer Kommodenschublade gefunden hatte, und die Tüte in meinen Koffer. Ich betrachtete das Bücherpaket, das mit Paketband verklebt war; es hatte keinen Griff, an dem ich es hätte tragen können. Unten suchte der Portier etwas Bindfaden für mich, und damit verschnürte ich das Paket. Die Rechnung bezahlte ich in bar, und das war dem Portier offenbar eine große Erleichterung.

Aus der Rechnung ersah ich, dass Eija und ihre jungen Männer etliche gebratene Eier, Brot, Käse, Schinken und Speck gegessen und dazu viele Gläser Orangensaft und kannenweise Kaffee getrunken hatten. Das Lesen der Rechnung machte mich hungrig, und ich ging in den Speisesaal, um Mittag zu essen. Ich beschloss, abends Eijas Schwester anzurufen. Die Autoschlüssel hatte ich in der Tasche, aber da das Auto fort

war, hatten Eijas Freunde es ohne Schlüssel in Gang bekommen. Daraus zog ich meine Schlüsse darauf, von welcher Sorte diese Freunde waren.
Beim Mittagessen sah ich, dass der Regen aufgehört hatte, aber aus den grauen Wolkenfetzen, die über den Himmel wanderten, konnte es jeden Moment wieder losregnen. Ich nahm ein Taxi und fuhr zum Bahnhof. Den Koffer und das Bücherpaket ließ ich in der Gepäckaufbewahrung und machte mich auf die Suche nach einem Nachtquartier, für das meine Mittel ausreichen würden. Ich hatte gehört, dass Deutschland über ein ausgedehntes Netz niveauvoller Jugendherbergen verfügt, aber ich wusste nicht mehr, ob es dort eine gab. Ich erinnerte mich, dass die Jugendherbergen als besonders billige und sichere Nachtquartiere zumal für solche Jugendliche empfohlen wurden, die mit einer Interrailfahrkarte in Deutschland unterwegs waren, und dass diese Fahrkarten auch an Rentner verkauft wurden.
Ich erkundigte mich an der Information des Hauptbahnhofs, wo in Hannover die Jugendherberge und welches die Altersgrenze für diese Institution sei. Die Frau in der Information erklärte mir lange etwas, was ich nicht recht verstand, und ich wagte es nicht, noch einmal zu fragen. Die Frau gab mir eine Karte und zeigte mir, wo sich die Jugendherberge befand.
Zu Fuß machte ich mich auf den Weg durch die Stadt. Ich hatte den Koffer und das Bücherpaket aus der Gepäckaufbewahrung geholt und trug sie in den Hän-

den. Bald erschienen sie mir sehr schwer, und ich musste oft anhalten und mich ausruhen. So wanderte ich die Straßen entlang.

Schließlich war ich ganz kaputt und hatte mich verlaufen. Auf der Karte fand ich nicht mehr die Straßennamen, die ich an den Straßenecken las. Dort waren nur die Namen der Hauptstraßen vermerkt, und so ging ich weiter in der Hoffnung, zu einer Straße zu gelangen, deren Name auf der Karte stehen würde. Ich überlegte, ob ich wohl schon aus der Karte herausgelaufen war. Wenn man sich verirrt hat, kommt es einem immer so vor, als hätte man schon eine viel längere Strecke zurückgelegt, als es in Wirklichkeit der Fall ist. Ich versuchte, aus der Zeit, die inzwischen vergangen war, darauf zu schließen, welche Strecke ich zurückgelegt hatte, aber auch das half nicht, denn die Ruhepausen, die ich eingelegt hatte, machten meine Schätzung nicht genauer.

Als ich schließlich an der Wand eines Hauses ein großes Schild mit der Aufschrift »Herberge zur Heimat« erblickte, war ich schon so müde, dass ich sofort hineinging. Ich dachte, dies könnte eine Jugendherberge sein, aber letztlich war das auch egal. Ich musste jedoch feststellen, dass das Haus ganz leer war und irgendwie schäbig wirkte, so wie die Korridore eines alten Garnisonsgebäudes oder die Büros von Zollbeamten; und nirgends eine lebende Seele. Ich setzte mich in dem großen Vorraum auf eine Holzbank und wartete.

Ich musste lange warten. Schließlich kam aus der oberen Etage ein Mann, den ich fragte, ob ich hier übernachten könne. Er sah mich einen Moment forschend an und bestätigte dann, dass das Haus zum Übernachten da sei. Ich fragte, ob es hier eine Altersgrenze gebe, und er sagte, es gebe keine.
»Aber man muss sich bei der Polizei anmelden«, sagte er.
Darüber wunderte ich mich etwas, vermutete jedoch, dass das hier so üblich sei. Andere Länder, andere Sitten, dachte ich, und fragte, ob ich mein Gepäck hier lassen könnte, während ich zur Polizei ging, aber der Mann war der Meinung, es sei das Beste, wenn ich mein Eigentum mitnähme. An diesem Ort könne er nicht dafür haften.
»Ab fünf ist Einlass«, sagte er. Darauf wusste ich nichts zu erwidern. Ich erhob mich und nahm mein Gepäck auf.
»Um fünf gibt es auch gleich Essen«, sagte der Mann.
»Gibt es hier etwas zu essen?«, fragte ich.
»Natürlich.«
»Was kostet das?«
»Das kostet nichts«, sagte der Mann.
Das verblüffte mich so, dass ich das Haus verließ. Erst auf der Straße fiel mir ein, dass ich nicht gefragt hatte, wie ich zur Polizei käme, und kehrte noch einmal um. Wieder musste ich lange warten, saß im Vorraum und sah die Treppen zum ersten Stock hinauf. Von dort erwartete ich den Mann, aber als er schließlich erschien,

da kam er die Kellertreppe herauf, hatte einen Blaumann an und in der Hand einen Werkzeugkasten.
»Ich habe vergessen zu fragen, wo die Polizei ist«, sagte ich leise. Der Mann begann sofort, mir das zu erklären: nannte Straßennamen, zeigte mit den Händen nach rechts und links und wies zwischendurch mit beiden Händen geradeaus. Ich gab ihm den Stadtplan und einen Stift, und er zeichnete mir in die Karte den Weg zur Polizeiwache ein. An die Stelle, wo sich die Herberge befand, malte er ein großes Kreuz, das sich über mehrere Häuserviertel erstreckte, und um das Kreuz herum einen Kreis. Ich nahm mein Gepäck und ging. Jetzt begleitete der Mann mich bis zur Eingangstür.
»Sind Sie sicher, dass Sie hier bei uns übernachten wollen?«, fragte er.
»Wieso?«, fragte ich.
»Sie sind natürlich willkommen«, sagte er.
»Danke«, sagte ich.
»Dann also um fünf«, sagte er, drehte sich um und ging zurück ins Haus. Ich stand auf der Treppe und studierte den Stadtplan, um herauszufinden, wie die Stadt dort eingezeichnet war.
Wieder musste ich lange gehen und wurde immer müder, aber ich fand zu der Polizeiwache, ohne dass ich auch nur einmal jemanden zu fragen brauchte. Auf der Wache musste ich meine Sache mehrmals vorbringen. Anscheinend glaubte man mir nicht und schickte mich von einem Schalter zum andern. Als ich schließ-

lich zu dem richtigen Beamten kam, musste ich auch dem mein Anliegen mehrmals erklären. Er holte aus einem Hinterzimmer einen Mann, der ganz nah an den Schalter herankam und mich lange wortlos anstarrte. Sie nahmen meinen Pass, verglichen das Foto mit mir und machten in ihren Papieren irgendwelche Vermerke.

»Das Foto ist schon Jahre alt«, sagte ich. Auf dem Passfoto hatte ich lange Koteletten, die damals, als ich meinen Pass bekam, bei den Vertretern unserer Firma in Mode waren, und diese Koteletten veränderten mein Aussehen ganz erheblich. Ich hatte sie abrasieren müssen, als meine Frau es so bestimmt hatte.

Die Beamten sagten kein Wort zu mir, knallten ihre Stempel in die Papiere und gaben eins davon mir. Diese Polizisten waren nicht gerade ein Ausbund an Geselligkeit und wollten auch nichts bezahlt haben, obwohl ich ihnen das anbot.

Ich verließ die Polizeiwache und wanderte durch die Straßen, bis es fünf Uhr war. Essen gehen mochte ich nicht, weil ich in der Herberge freies Essen bekommen sollte. Ich rechnete aus, wie viel ich einsparen würde, wenn ich in meinem Quartier Abendbrot und Frühstück umsonst bekäme, und vermutete, dass auch die Übernachtungsgebühr nicht mehr als fünfzehn D-Mark betragen würde. An diesen Betrag erinnerte ich mich aus der Zeitung, in der über das deutsche Jugendherbergssystem berichtet worden war.

Um fünf stand ich wieder vor der »Herberge zur Heimat«. Jetzt waren die Türen sperrangelweit offen, und ich ging hinein. Der Mann, der mich auf die Polizeiwache geschickt hatte, stand in der Halle und empfing die Ankommenden, sah sich das Papier an, das die Beamten mir auf der Polizeiwache gegeben hatten, und sagte mir, ich solle auf einer Bank im Hintergrund der Halle Platz nehmen.

»Ich verteile die Betten, wenn alle Männer da sind«, erklärte er mir. Ich verstand nicht, was er damit meinte, dachte aber bei mir, dass meine Deutschkenntnisse in diesem Lande zumindest nicht besser geworden waren. Ich saß und wartete.

Allmählich fanden sich Männer ein, sie kamen allein, zu zweit und in Dreier- und Vierergruppen. Ich erkannte, dass dies Menschen jenseits von gut und böse waren, Kriegsveteranen, die sich mit ihren schlechten deutschen Prothesen dahinschleppten, und Alkoholiker, die mit dem Löffel gefüttert werden mussten. Viele sahen auch schon so aus, als funkte es bei ihnen nicht mehr richtig, wie man so sagt, und es gab auch solche, bei denen ein für alle Mal der Stöpsel raus war. Sie strömten einen Gestank aus, der sich nur schwer beschreiben, aber auch schwer vergessen lässt: den Gestank von nassen, nie gewaschenen Kleidern, von Schnaps, schlechtem Essen und Krankheiten. Jetzt begriff ich, dass dies ein Nachtasyl war. Es war mir peinlich zu gehen, aber bleiben konnte ich auch nicht.

»Wissen Sie, ich werde mir wohl doch eine andere

Bleibe für die Nacht suchen«, sagte ich schließlich und schickte mich an zu gehen.

»Das hab ich mir schon gedacht«, sagte der Mann, der schon am Nachmittag hier gewesen war.

Ich ging auf die Straße hinaus. Es hatte angefangen zu regnen, aber die Luft draußen wirkte wie vom Regen gewaschen und sauber. Ich trug meine Sachen und schritt rasch aus. Dabei dachte ich daran, wie Eija von der Selbsterziehung und der Liebe gesprochen hatte, die zur Meditation gehöre und die man allen lebenden Wesen entgegenbringen müsse. Auf diesem Weg war ich offenbar noch nicht sehr weit vorangekommen.

Von der ersten Telefonzelle aus bestellte ich ein Taxi. Ich bat den Fahrer, mich zu einem Mittelklassehotel zu bringen, wo ich ein Zimmer für eine Nacht bekäme, und das tat er. In diesem Hotel sollte es freie Zimmer in Hülle und Fülle geben.

Von meinem Zimmer aus rief ich Saarelainen in Finnland an und erzählte, dass ich noch einmal in Hannover übernachten müsse, weil der Gang der Geschäfte das erfordere; ich sagte, dass sich die Sache mit Ruppmann gut angelassen habe. Saarelainen war darüber nicht verwundert: seiner Ansicht nach würde es niemandem, der auch nur über ein wenig Verkaufserfahrung verfügte, schwer fallen, seine Bücher zu verkaufen.

»Dann noch eins, schick mir per Eilanweisung Geld an irgendeine Bank in Köln«, sagte ich.

»Ist dir jetzt schon das Geld ausgegangen?«, wunderte sich Saarelainen.

»Ausgegangen noch nicht, aber es wird weniger.«
»An welche Bank, zum Teufel, soll ich dir das denn schicken?«
»An irgendeine Bank im Zentrum. Ich ruf dich morgen an und frage, wohin du es geschickt hast.«
»Braucht man dafür nicht eine Genehmigung von der Finnischen Staatsbank?«
»Na, besorg eine.«
Saarelainen schwieg einen Augenblick.
»Das klappt vielleicht nicht an einem Tag.«
»Ich ruf dich morgen Abend an. Sieh zu, dass du zu Hause bist«, sagte ich und legte auf.
Ich hängte meine Sachen in den Schrank und die, die am Vormittag nass geworden waren, ins Badezimmer zum Trocknen. Dann legte ich mich ins Bett und schlief ein. Nachts wachte ich davon auf, dass ich schrecklichen Hunger hatte. Viele Stunden lag ich wach, bis der Morgen graute und im Hotel das Frühstück serviert wurde.

21

Morgens rief ich in Köln an. Eijas Schwester meldete sich und erzählte, dass Eija spät abends angekommen sei und noch schlafe. Ich befahl ihr, sie sofort zu wecken, musste jedoch lange warten, bis Eija verschlafen ans Telefon kam.

»Du kannst froh sein, dass ich dir nicht die Polizei auf den Hals schicke«, sagte ich.

»Wieso?«, fragte sie.

»Ihr habt schließlich mein Auto gestohlen.«

»Wir haben nichts gestohlen«, behauptete sie. Ich sagte, dass sich in dem Auto auch Saarelainens Bücher befänden, deretwegen ich nach Deutschland gekommen war – der ganze Zweck meiner Reise; und wenn Eija und ihre Freunde auch Handel und Geldverdienen gering schätzten und lieber irgendwo herumsaßen, ihr Mantra wiederkäuten und Marihuana rauchten, so bekäme doch auch sie ohne Geldverdienen, ohne produktive Arbeit, ohne die Veredlung von Rohstoffen in den zahllosen Prozessen der modernen Industrie keinen Bissen Brot in den Mund. Ich fragte, ob sie glaube, dass das Brot auf den Bäumen wachse.

»Ich esse kein Brot, das macht dick«, sagte Eija.

Ich fragte nach dem Wagen. Eija erzählte, dass die Jungs damit nach Frankfurt gefahren seien, ihn aber abends wieder zurückbrächten.

»Und du hast doch genug Bücher dort«, sagte sie. Da brüllte ich sie an.

»Aber es ist doch alles da«, sagte Eija.

»Was für Männer sind das?«

Zunächst wollte sie das nicht erzählen, aber als ich wieder mit der Polizei und dem finnischen Konsul drohte, die ich ihnen auf den Hals hetzen würde, bequemte Eija sich zu erzählen, dass sie diese Jungs in Hannover in der Discothek kennen gelernt hatte, die der Portier des Motels ihr empfohlen hatte, in dem beliebtesten Lokal der Stadt. Sie waren auf Urlaub von der Armee, amerikanische Soldaten, die in Frankfurt am Main ihren Wehrdienst leisteten. Ich fragte, wie sie den Transporter ohne Schlüssel in Gang gebracht hätten. Eija erzählte, dass das sehr leicht gewesen sei, die Jungs hätten lediglich irgendwelche Leitungen hinter dem Armaturenbrett miteinander verbunden; aber am Tankverschluss sei ein Schloss gewesen, das die Jungs an der Tankstelle hätten aufbrechen müssen, als sie tanken wollten.

»Oder willst du behaupten, dass man damit ohne Benzin hätte fahren können?«, fragte sie.

Das behauptete ich nicht. Eija erzählte, dass die Jungs einen neuen Tankverschluss für das Auto gekauft hätten, diesmal einen ohne Schloss, und dass alles in Ordnung sei.

»Nun mach dir doch keine unnötigen Sorgen, Eino«, sagte sie.

Ich fragte, wie sie sich das vorstelle, schließlich könne es noch heute zu dem ersten wirklichen Geschäft kommen, ich würde vielleicht einen Kaufvertrag mit der Warenhauskette schließen, wo ich gestern Saarelainens Buch vorgestellt hatte. Aber wenn der Käufer jetzt eine Bestellung aufgab und die Bücher kaufte, müsste ich eingestehen, dass ich die Ware gar nicht liefern kann, weil irgendwelche amerikanischen Deserteure mit meinem Transporter und dem gesamten Büchervorrat in Deutschland herumgurkten.

»Das sind keine Deserteure. Die haben Urlaub.«
»Aber die Bücher sind bei ihnen.«
»Du hast doch mindestens noch hundert Bücher.«
»Na hör mal, wenn so eine Kette einkauft, ist das doch gar nichts«, sagte ich.
»Noch hast du doch gar nichts verkauft«, sagte Eija.
Das musste ich zugeben. Eija sagte, ich solle in den Zug nach Köln steigen, wenn ich meine Angelegenheiten im Warenhaus erledigt hätte. Die Jungs würden das Auto sicherlich morgen bringen, und wenn das Geschäft in Hannover zustande käme, solle ich erst einmal die hundert Bücher dalassen, und den Rest würden wir später liefern.
»Die Käufer werden kaum nach den Büchern Schlange stehen«, sagte Eija. Darauf entgegnete ich nichts mehr, sondern warf den Hörer auf die Gabel.
Gegen zehn Uhr ging ich wieder zu Herrn Ruppmann. Ich sah, dass seine Sekretärin den Konferenztisch in seinem Zimmer gedeckt hatte; dort standen zwei Tassen, unter einem Kaffeewärmer die Kanne und auf einem Tablett kleine runde Obsttörtchen, die ich immer gern gemocht hatte. All das nahm ich als ein gutes Zeichen.
Ruppmann erhob sich, als ich ins Zimmer trat, kam hinter seinem Schreibtisch hervor bis in die Mitte des Zimmers und wünschte mir mit Handschlag einen Guten Morgen. Er hatte jetzt eine blaue Klubjacke mit goldfarbenen Knöpfen und graue Flanellhosen, ein helles Hemd und eine Krawatte mit kleinem Ball-

muster an. Er bat mich, am Konferenztisch Platz zu nehmen.

Die Sekretärin kam unaufgefordert herein und schenkte uns Kaffee ein. Wir sprachen zuerst vom Wetter. Dann fragte Ruppmann, in welchem Hotel ich übernachtet und wie ich die Nacht verbracht hätte: ob ich gut geschlafen hätte. Ich nannte den Namen des Hotels. Ruppmann hielt das für ein gutes Hotel der Mittelklasse, für sauber und ein wenig spießbürgerlich, aber das seien wir beide in unserem Alter ja auch selbst. Er hielt auch die Preise des Hotels für angemessen und das Hotel für absolut vertrauenswürdig. Zuerst wollte ich ihm erzählen, wie ich um ein Haar im Nachtasyl gelandet wäre, da ich Ruppmann aber noch nicht gut genug kannte, beschloss ich, das für mich zu behalten. Er hätte daran vielleicht nichts Komisches gefunden, und die Geschichte hätte lediglich von meiner Unfähigkeit gezeugt.

Am Kaffeetisch erzählte Ruppmann, dass er schon sehr darauf warte, nach Frankfurt zur Buchmesse fahren zu können; am Wochenende werde sie eröffnet. Seiner Ansicht nach traf man dort alle wichtigen Leute, und dort bekam man auch viele neue Ideen.

»Dort findet man alles beisammen, was gerade aktuell ist«, sagte Ruppmann. Er fragte mich, ob ich regelmäßig die Frankfurter Buchmesse besuche. Ich erzählte, dass ich dort nicht regelmäßig sei, sie jedoch für eine wichtige Institution halte. Ruppmann fand, dass meine Äußerung den Nagel auf den Kopf getroffen hatte.

»So ist es, so ist es«, wiederholte er mehrmals.

Wir fingen an, Kaffee zu trinken. Ich fragte Ruppmann, wie ihm Saarelainens Buch gefallen habe. Ruppmann erzählte, er habe es gelesen, gleich nachdem er von der Arbeit nach Hause gekommen war, und auch seine Frau habe es gelesen; sie hätten beide während ihrer Studienzeit einen Schnelllesekurs mit Übungen absolviert, und so habe es sie nicht mehr als eine halbe Stunde gekostet, sich das Bändchen mit Saarelainens Erzählungen zu Gemüte zu führen. Das Buch habe ihnen beiden sehr gefallen.

»Das ist ja erfreulich«, sagte ich.

»In den Warenhausverkauf kann ich es natürlich nicht übernehmen«, sagte Ruppmann.

Ich sah ihn verständnislos an.

»Im Warenhaus kauft doch kein Mensch Erzählungen«, erklärte Ruppmann dann. »Erzählungen kauft man in der Buchhandlung oder im Antiquariat, und außerdem sind all diese Geschichten irgendwie so traurig. In jeder Novelle ergeht es der Hauptperson schlecht, sie wird betrogen oder sie stirbt, oder irgendein Angehöriger stirbt ihr. So etwas mag hier niemand lesen.«

»Das Leben ist nun einmal so«, warf ich ein.

»Sie wissen das so gut wie ich, aber das gewöhnliche Publikum weiß es nicht. Außerdem scheint dieser Saarelainen Kommunist zu sein«, sagte Ruppmann.

»Ganz gewiss nicht«, sagte ich.

»Kennen Sie ihn gut?«, beharrte Ruppmann.

»Sehr gut.«
»Dann bestellen Sie ihm von einem alten Sachverständigen aus Hannover, er solle Romane schreiben, in denen die Leute sich ineinander verlieben, und wenn sich ihrer Liebe zunächst auch Hindernisse in den Weg stellen, so werden sie doch beseitigt. Am Anfang des Romans sollte es auch wirtschaftliche Schwierigkeiten geben, aber die werden mit Fleiß und Sparsamkeit bezwungen«, sagte Ruppmann.
»Ich werd es bestellen«, sagte ich.
»Mir selbst haben diese Erzählungen gefallen und auch meiner Frau, aber das heißt noch lange nicht, dass ich sie auch verkaufen kann. Bei meiner Arbeit muss ich auch diese Seite der Sache bedenken.«
»Ich verstehe«, sagte ich. Ich trank meinen Kaffee aus. Ruppmann fragte, ob ich viele finnische Schriftsteller kenne, aber bevor ich antworten konnte, erzählte er schon, wie er in seiner Studentenzeit einige deutsche Schriftsteller kennen gelernt hatte, auch solche, die später weltberühmt wurden; die Nachkriegsgeneration in Deutschland sei unter so schwierigen Verhältnissen aufgewachsen, dass aus jedem, der diese Zeiten überlebte, etwas Bedeutendes wurde, und auch ihm stünden im Budget der Einkaufsabteilung jährlich Hunderte von Millionen D-Mark zur Verfügung, die er nach eigenem Gutdünken verwenden könne. Natürlich trage er dafür die Verantwortung, aber er sei fähig, sie zu tragen. Seine Generation sei gestählter als jene, die die Schützengräben der Ost-

front überlebte, weil sich bei ihr eine lebenserhaltende geistige Kraft entwickelt habe und nicht nur apathische physische Zähigkeit, wie sie für die Generation vor ihnen kennzeichnend gewesen sei. Ruppmann nannte die Schriftsteller, die er in seiner Studienzeit gekannt hatte und die dann in der ganzen Welt oder zumindest in Deutschland berühmt geworden waren, auch beim Namen. Immer wenn er einen Namen genannt hatte, machte er eine kleine Pause, nickte, und auch ich nickte. So benickten wir viele Namen, obwohl ich keinen einzigen davon je zuvor gehört hatte.

22

Ich fragte Ruppmann, ob er in diesem Fall nicht mit Saarelainens Büchern einen Probeverkauf starten könne, damit wir sähen, wie viele Bücher die deutschen Kunden kaufen würden; so bekämen wir Informationen, die auf Fakten basierten, und Ruppmann brauchte seine Beschlüsse nicht nur aufgrund von Gefühl und Instinkt zu fassen.

»Mein Instinkt sagt mir immer das Richtige«, behauptete Ruppmann.

»Das glaube ich«, sagte ich schnell.

»Ich kann Ihnen zeigen, was ein Quadratmeter Fläche

in der Bücherabteilung des Kaufhauses monatlich kostet, das ist kein Geschäftsgeheimnis.«

»Das glaube ich«, sagte ich wieder.

»Heute gehen auf einen Quadratmeter fast genauso viele Computer für zweitausend Mark wie Bücher, nur mit dem Unterschied, dass die Computer gekauft werden.«

»Aber in der Bücherabteilung müssen Sie doch auch Bücher haben«, sagte ich.

»Weswegen?«, fragte Ruppmann.

»Sie können es doch in einer Abteilung ausprobieren«, sagte ich.

»Wollen Sie mir für meine Arbeit Ratschläge erteilen?«, fragte Ruppmann und starrte mich an. Er war gerade dabei, ein zweites Obsttörtchen zu nehmen, und erstarrte in dieser Haltung, den Arm ausgestreckt, die Ärmel von Hemd und Jacke halb auf den Unterarm hochgerutscht; die dichte schwarze Behaarung des Armes erinnerte mich an die biblische Geschichte von den Söhnen Isaaks, von denen der stärker Behaarte sein Erstgeburtsrecht für ein Linsengericht dem weniger Behaarten verkaufte. Ich überlegte, warum in der Bibel so oft gerade Esaus Behaarung erwähnt wurde. Wenn jedes Wort der Bibel wahr war, dann musste es auch eine besondere Bedeutung und folglich auch die Behaarung einen verborgenen Sinn haben, den man nicht verstand. Das konnte kein bloßes Detail im Handlungsablaufsein, mit dessen Hilfe sich der Betrug Isaaks anschaulich und glaubhaft erzählen ließ.

»Glauben Sie vielleicht, ich tue für die Verkaufsförderung nicht mein Bestes?«, fragte Ruppmann. Er steckte sich das ganze Obsttörtchen auf einmal in den Mund.

»Sagen wir also, dass Ihre Bücherabteilung durch Saarelainens Novellensammlung an Profil gewinnt«, sagte ich.

Ruppmann behauptete, das Profil der Bücherabteilung sei jetzt genau so, wie es sein sollte: Wenn das Profil anspruchsvoller würde, dann käme die Mittelklasse, für die die Warenhäuser konzipiert waren, nicht mehr zum Einkaufen dorthin, weil sie in der Bücherabteilung dann nicht mehr die Erzählungen vorfinden würde, mit denen sie leben will. Solche Leute wiederum, die sich einbildeten, einen besseren Geschmack zu haben, wollten in das Warenhaus, das Ruppmann vertrat, nur zu den privaten Frühlingsfesten des Besitzers kommen, die dafür berühmt waren, dass es dort nur Sekt zu trinken gab. Ruppmann fragte, ob ich im kommenden Mai vielleicht in Hannover sei; er könne mir eine Einladung für das Frühlingsfest besorgen. Ich vermutete jedoch, dass ich mich dann kaum noch in Hannover aufhalten würde.

Ruppmann erzählte jetzt, dass er seinerzeit in München Staatswissenschaften und politische Geschichte studiert habe. Da er sich mit diesen Examina aber nicht ordentlich ernähren konnte, habe er schon in den fünfziger Jahren beschlossen, die kaufmännische

Laufbahn einzuschlagen. Auf diesem Gebiet seien damals Männer gefragt gewesen, die über eine so umfassende Bildung und so gute Umgangsformen verfügten wie er, und die Flutwelle des Wirtschaftswunders hatte ihn auf ihrem Kamm getragen.

Ich versuchte, die Rede auf Saarelainens Buch zu bringen, aber Ruppmann wollte sich jetzt nicht über Bücher unterhalten.

»Lassen wir die Sache reifen«, sagte er und meinte, ich müsse unbedingt ein richtiges Bild von der Nachkriegsentwicklung in Deutschland, den Faktoren, die sie beeinflusst hatten, und vom Wandel der geistigen Atmosphäre hier bekommen. Er sei der richtige Mann, mir von all dem zu erzählen, denn er habe noch zur Hitlerjugend gehört und das Dritte Reich und das Kriegsende miterlebt; als vierzehnjähriger Schüler habe er sich mit dem Gewehr in der Hand den amerikanischen Panzerwagen entgegengestellt und nach Kriegsende das Wirtschaftswunder und den nie da gewesenen Wohlstand gesehen, der damit einherging. Er habe auch erlebt, wie dieser Wohlstand mit der RAF schließlich in Terrorakte und sinnlose Gewalt umgeschlagen sei, in eine Orientierungslosigkeit, die in der deutschen Gesellschaft von heute allgegenwärtig sei. Das müsse ich begreifen, wenn ich in Deutschland in der Buchbranche tätig werden wolle, diese Branche wittere überall als erste die Anzeichen von Veränderungen. Er gestand, die RAF noch Anfang der siebziger Jahre heimlich mit Geld unterstützt zu haben, weil er damals meinte, dort eine neue Perspektive der Entwicklung zu sehen.

»Aber das war ein Fehler«, sagte Ruppmann.

Seine Sekretärin kam herein und schenkte uns Kaffee nach. Ruppmann sprach kein Wort, solange die Sekretärin im Zimmer war.

»Haben Sie es sehr eilig?«, fragte er mich, als sie gegangen war.

»Ich habe einen Termin in Köln, aber erst morgen«, sagte ich.

Ruppmann erzählte, dass seine Frau Ende der sechziger Jahre an geheimen Zusammenkünften freier Gruppen teilgenommen und an die Solidarität aller Menschen und an die Verwirklichung gesellschaftlicher Gerechtigkeit geglaubt habe. Als aber die Baader-Meinhof-Gruppe anfing, Menschen zu töten, habe sie einen Schreck bekommen, sei umgezogen, habe ihre Telefonnummer geändert und angefangen so zu leben, wie es von ihr erwartet wurde. Damals gestand sie sich selbst ein, dass sie ein Mensch mit romantischen Vorstellungen war, der gern vom Glück und von einem reinen und guten Leben träumte, für den es jedoch am gescheitesten war, sich nur über die Einkäufe des Warenhauses Gedanken zu machen. Zum Glück war keiner der Warenhausdirektoren in den sechziger und siebziger Jahren auf ihre Neigungen gekommen, die heute manch einer schon belächeln mochte, die aber damals die Kündigung innerhalb von fünf Minuten und eine Eintragung im Personalregister des Arbeitgeberverbandes zur Folge gehabt hätten, mit der sie sich nie wieder um einen neuen Arbeitsplatz hätte zu bemühen brauchen, nicht einmal in Argentinien.

»Mir kommt es so vor, als wären die Leute von der RAF irgendwie Hitlers geistige Erben, obwohl sie unter Fahnen ganz anderer Farben marschieren«, sagte ich und war zufrieden, dass mir wieder eingefallen war, was ich in Finnland in der Zeitung gelesen hatte.

Ruppmann sagte, ich hätte keine Ahnung vom Charakter des deutschen Menschen; beim Deutschen wohnten der Romantiker und der Idealist im Körper des Ingenieurs. Eine solche Kombination sei bei keinem anderen Volk anzutreffen; außerdem hätten die Deutschen mehr Geistesgrößen als jedes andere Volk hervorgebracht, wenn man deren Anzahl prozentual ins Verhältnis zur Gesamtbevölkerung setzte.

Das gab ich zu. Jetzt sagte Ruppmann, er habe über Saarelainens Buch nachgedacht, während wir Kaffee getrunken und geplaudert hatten: Er besitze die Fähigkeit, mühelos mehrere Dinge auf einmal bedenken und auch Entschlüsse fassen zu können. Er werde fünfzig Exemplare von Saarelainens Buch übernehmen, oder sechzig, und sie in drei Hannoveraner Kaufhäusern in den Verkauf geben. Er tue das deshalb, weil ich ein sympathischer Mann sei und weil das Buch ihm selbst gefallen habe. So würden wir sehen, ob jemand es kaufen wolle. Ich müsse jedoch verstehen, dass er in den Augen der Leiter der Bücherabteilungen damit sein persönliches Prestige in die Waagschale werfe. Falls niemand Saarelainens Buch haben wolle, würde man ihm seinen Irrtum lange vorhalten. Ich sagte, dass ich das verstünde. Ruppmann fragte, wann ich die Bücher liefern könne. Ich sagte, er könne sie sofort haben.

»Pro Stück zahle ich Ihnen fünf Mark«, sagte Ruppmann.

»Deutsche Mark«, präzisierte ich.

»Natürlich.«

»Das ist doch kein Preis für ein Buch. Solche Preise werden für sortiertes Altpapier gezahlt«, sagte ich.

»Dann bringen Sie die Bücher doch zum Altpapierhändler«, sagte Ruppmann.

»Na, Sie werden mir doch einen Scherz nicht verübeln«, sagte ich.

»Ich habe nichts verübelt«, sagte Ruppmann.

»Dann ist es ja gut«, sagte ich.

»Aber ich hab es eilig: Möchten Sie, dass ich Ihre Bücher verkaufe?«

»Natürlich möchte ich das«, sagte ich.

»Geben Sie die Bücher meiner Sekretärin, sie erledigt das Weitere«, sagte Ruppmann. Ich sagte, dass hundert Bücher schon bei der Sekretärin auf dem Tisch stünden. Ruppmann stand auf und reichte mir die Hand. Ich drückte sie und dankte für die Bestellung, dann gingen wir zusammen zur Tür.

»Lieselotte, hör mal zu«, sagte Ruppmann zu seiner Sekretärin mit einer so weichen Stimme, als wären seine Stimmbänder aus unvulkanisiertem Gummi. Die Sekretärin hörte sich an, was Ruppmann sagte, und öffnete das Bücherpaket, als ich sie darum bat. Wir nahmen sechzig Bücher heraus und füllten all die Formulare aus, die von der internen Verwaltung des Warenhauses vorgeschrieben waren.

23

Im Zug ging ich in den Speisewagen um zu essen, es war später Nachmittag. Der Speisewagen war ziemlich voll, aber man führte mich an einen Tisch, an dem ein deutsches Ehepaar in den Fünfzigern saß. Den beiden verschlug es die Sprache, weil jemand an ihren Tisch gesetzt wurde, und sie wandten sich an den Kellner, der ihnen schlagfertig antwortete, dass in diesem Speisewagen niemand einen ganzen Tisch für sich beanspruchen könne: Der Speisewagen und seine Tische seien für hungrige Leute reserviert.
Ich las die Speisekarte und bestellte Rührei mit Schinken und ein Bier. Ich entsann mich gelesen zu haben, dass die deutschen Touristen es in Holland am Strand fertig brachten, große Sandburgen mit Wällen darum herum zu bauen, die sie dann wochenlang besetzt hielten, sodass die Holländer in ihre Reiseprospekte einen Hinweis aufnahmen, der besagte, dass an ihrer

Küste kein Land mit Sandburgen besetzt werden dürfe.
Die Frau sagte etwas zu ihrem Mann, was ich nicht verstand. Ich lächelte sie an, und als mein Bier kam, goss ich es ins Glas, hob es und sagte: Prosit!
Die Deutschen beeilten sich, ebenfalls ihr Glas zu heben. Der Mann fragte, aus welcher Gegend der Welt ich stammte, und als ich erzählte, dass ich Finne sei, waren sie hoch erfreut. Sie hatten eine gute Meinung von Finnland und den Finnen. Die Frau erzählte, dass sie mich für einen Jugoslawen gehalten und das aus meiner Kleidung geschlossen hätten; sie habe immer geglaubt, die finnischen Männer seien groß und schlank und blond. Sie sei nie in Finnland gewesen, habe aber in den sechziger Jahren in Hamburg einen Finnen kennen gelernt; dort sei damals eine Exportkampagne der finnischen Industrie gelaufen. Sie habe sich zu jener Zeit in der Stadt aufgehalten und sich den großen Umzug angesehen, in dem eine finnische Schönheit, begleitet von einer Blaskapelle, im Feuerwehrauto durch die Stadt gefahren wurde. Die Frau wusste noch, dass das Feuerwehrauto sehr alt war und dass die Blaskapelle der Feuerwehr, die auch aus Finnland kam, die ganze Zeit irgendwie falsch, aber schneidig spielte. Den Finnen hatte sie in der Hotelbar kennen gelernt. Ihr Mann sagte nichts dazu, und ich fragte auch nicht nach, überlegte aber, welche Miss das gewesen sein mochte.
Mein Schinkenrührei kam, und ich begann zu essen.

Das Rührei war innen überhaupt noch nicht gar, und alle Schinkenstücke, die dem Rührei beigegeben waren, bestanden aus weichem und hellem warmem Speck, den ich nicht essen konnte. Als der Kellner vorbeikam, fragte ich, ob meine Bestellung falsch verstanden worden sei – meiner Ansicht nach hatte ich kein Rührei mit Speck bestellt. Der Kellner nahm mir die Gabel aus der Hand, pulte alle Speckstücke aus dem Rührei heraus und drehte und wendete sie auf dem Teller hin und her. Dann ging er in Richtung Küche.

Sogleich kam von dort der Koch in seinen weißen Kleidern, ein großes Stück Schinken in der Hand. Der Koch stellte den Schinken vor mich auf den Tisch und sagte, dass alles Fleisch in meinem Rührei von diesem Schinken abgeschnitten sei.

»Ist hier Speck dran?«

»Das weiß ich nicht«, sagte ich.

»Sie haben doch Augen im Kopf?«, fragte er.

»Ich weiß nur, was in dem Rührei ist«, sagte ich.

»Wie soll in das Rührei Speck kommen, wenn am Schinken keiner ist!«, rief der Koch. Die Leute an den anderen Tischen reckten die Hälse, um zu sehen, was an unserem Tisch passierte, und einige standen sogar auf.

»Das weiß ich nicht«, sagte ich.

»Man sollte sich nicht beschweren, wenn man keinen Grund dazu hat«, sagte der Koch.

Er nahm den Schinken vom Tisch und ging zurück in

die Küche. Meine Tischnachbarin sagte, sie fände, der Koch habe wie ein türkischer Gastarbeiter ausgesehen. Den Gastarbeitern gehe es gegen die Ehre, wenn man ihre Arbeit kritisierte. Sie hielten das sofort für eine Repressalie, die sich gegen ihre Nationalität richtete, und liefen ständig zu den Behörden und den Fernsehredakteuren, die in ihren Programmen immer genügend Zeit fänden, um für die Ausländer Partei zu ergreifen.
Ich bat um die Rechnung. Ich trank mein Bier aus, ging ins Abteil und saß dort hungrig bis Köln.
Am Bahnhof stieg ich aus. Als ich den Bahnsteig entlangging, rief mir der Koch aus dem Fenster des Speisewagens etwas zu, aber ich blieb nicht stehen, um mir das anzuhören. Von der Bahnhofshalle aus rief ich bei Eijas Schwester an.
Ihr Mann Manfred meldete sich, sagte, er habe gehört, dass ich käme, und versicherte, dass bei ihm zu Hause alle Finnen immer willkommen seien, weil er eigentlich der Schwiegersohn aller Finnen sei, jetzt, wo er schon zwanzig Jahre mit einer finnischen Frau verheiratet war.
Er erklärte mir, wie ich am besten zu ihrer Wohnung käme: Ich solle hinter den Dom gehen und dort die Haltestelle suchen, von der der Bus Nummer neunundfünfzig abfahre, damit bis Köln-Höhenberg fahren und beim Friedhof aussteigen. Er riet mir davon ab, auf den Friedhof zu gehen; ich solle beim Friedhof lediglich aussteigen und von dort zweihundert Meter

weiter gehen; so käme ich direkt zu dem Platz, an dem sie wohnten. Wenn ich sofort losginge, wäre ich in einer halben Stunde bei ihnen. Er hatte die Idee, dass er und Eija mich abholen und mir helfen könnten, das Gepäck zu tragen, denn ein Abendspaziergang täte ihnen nur gut.

»Der Busfahrer sagt dir Bescheid, frag den«, sagte er.

Ich nahm meinen Koffer und das Bücherpaket, das noch vierzig Exemplare von Saarelainens Buch enthielt, und verließ die Bahnhofshalle. Der Dom befand sich direkt vor mir, ein zweitürmiges, hohes Gebäude, das von außen restauriert wurde: Die ganze Kirche war eingerüstet.

Ich ging ganz um die Kirche herum, fand aber keine Bushaltestelle. So kehrte ich zum Bahnhofsvorplatz zurück, erkundigte mich dort und erhielt die gewünschte Auskunft. Dabei entsann ich mich gelesen zu haben, dass die Rheinländer, die in Köln wohnten, fröhliche, freundliche und hilfsbereite Leute seien. Die Bushaltestelle fand ich jenseits des hohen Eisenbahndamms, der Bus stand an der Haltestelle und wartete. Ich stieg ein.

Der Fahrer hörte mir zu, als ich erklärte, wohin ich fahren wollte, und versprach dann, mich an der richtigen Haltestelle abzusetzen. Ich saß und wartete darauf, dass die Abfahrtszeit des Busses herankäme, und als wir dann die Uferstraße entlangfuhren, betrachtete ich den Fluss und die hohen Häuser, die am Ufer errichtet worden waren. Der Bus fuhr über eine Brücke und dann lange am anderen Ufer entlang. Ich ging zu dem Fahrer, um zu fragen, ob er mich vergessen habe, aber er beruhigte mich, er denke unentwegt an mich. Er sprach Dialekt, und ich musste die Hälfte seiner Worte erraten.

Als der Fahrer mir endlich zurief, ich müsse jetzt aussteigen, erschien mir das ganz unwirklich. Dennoch suchte ich meine Sachen zusammen und stieg aus, als der Bus hielt. Eija stand mit Manfred an der Haltestelle, und als ich ausgestiegen war, fiel Eija mir um den Hals und drückte mich stürmisch an sich. Ich konnte nichts machen, ich hatte beide Hände voller Gepäck.

»Du bist mir doch nicht mehr böse, Eino«, sagte Eija.

»Viel fehlt nicht«, sagte ich.

Sie stellte mir Manfred vor, der mir den Koffer aus der Hand nahm und vorausging. Eija ging neben mir und erzählte, wie gut der Wagen während der ganzen Fahrt von Hannover nach Köln gelaufen sei, und was die Jungs über das Auto gesagt hatten.

»Sie werden es schon zurückbringen«, sagte Eija.

»In Hannover hab ich schon sechzig Bücher verkauft; bestimmt gibt es auch hier eine starke Nachfrage«, sagte ich.

»Die Jungs bringen abends das Auto«, sagte Eija.

»Was für Penner sind das eigentlich?«

»Das sind ganz nette Jungs«, sagte Eija.

»Ja, natürlich.«

Ich fragte ihren Schwager, ob ihm der Koffer nicht zu schwer sei, und bot mich an, ihn zu übernehmen, aber

Manfred behauptete, in ganz ausgezeichneter körperlicher Verfassung zu sein, weil er regelmäßig etwas dafür tue; er besuche den Kraftsalon und laufe jeden Morgen mindestens fünf Kilometer, das Koffertragen sei nur ein kleines zusätzliches Training.

»Ohne erstklassige Kondition kommt man heute im Geschäftsleben nicht klar«, sagte er. Ich war derselben Meinung.

»Wie gehen die Geschäfte?«, fragte er dann.

»Danke, so leidlich.«

»Hast du alle Bücher, die du verkaufen willst, in diesem Koffer?«, fragte er.

»Aber nein«, sagte ich. Ich erzählte ihm, dass sich in dem Transporter dreitausend Bücher befänden, oder zweitausendneunhundert, dass aber Eijas Bräutigame sich meinen Wagen ausgeliehen und wer weiß wohin gebracht hätten. Eija versicherte, dass die Bücher wohlbehalten im Wagen seien.

»Eija ist etwas wild«, sagte Manfred.

»Sie bemüht sich um ihre Weiterentwicklung«, sagte ich.

»Sehr weit ist sie damit noch nicht gekommen«, sagte Manfred.

»Findest du?«, fragte Eija.

Manfred fragte, ob Eija sich immer noch mit transzendentaler Meditation und ähnlichem indischen Humbug befasse. Darauf entgegnete Eija nichts. Manfred erzählte, er habe zu Hause eine illustrierte Ausgabe des Kamasutra, welches die einzige ihn interessieren-

de indische Lehre sei; Eija und er könnten sie vielleicht einmal gemeinsam studieren.
»Auch von deinen Hobbys hat man das eine oder andere gehört«, bemerkte Eija. Manfred schwieg ein Weilchen und dachte darüber nach. Wir kamen zu einem von Gebäuden umstandenen Platz und betraten ein mehrstöckiges Haus an dessen gegenüberliegender Seite. Wir stiegen die Treppe hinauf in die dritte Etage, einen Fahrstuhl gab es in dem Gebäude nicht. Oben klingelte Manfred an der Tür, und Eijas Schwester öffnete. Wir gingen hinein, und Manfred setzte meinen Koffer auf dem Fußboden im Flur ab. Ich stellte mich Eijas Schwester vor, und auch sie nannte ihren Namen.
»In dieser Wohnung sind Finnen immer willkommen«, sagte sie.
»Danke«, sagte ich.
Sie zeigten mir das Zimmer, in dem sie mich während meines Aufenthaltes in Köln unterbringen wollten. Ich trug den Koffer und das Bücherpaket hinein. Der Schwestermann kam gleich und bat mich ins Wohnzimmer. Dort standen schon zwei geöffnete Bierflaschen auf dem Tisch und daneben hohe Gläser.
Wir setzten uns, Manfred goss Bier ein, hob sein Glas und sagte: »Na dann.«
»Trinken die Mädchen nichts?«, fragte ich.
»Bier macht die Frauen dick und unförmig«, sagte Manfred. Er gab den Frauen kein Bier, und sie saßen da und sahen zu, wie wir unsere Flaschen leerten.
Ich fragte Eijas Schwester, wie sie sich all die Jahre in

Deutschland gefühlt habe; sie sagte, mal so, mal so. Jetzt, wo die Kinder groß waren und das Haus verlassen hatten, werde ihr die Zeit als Nur-Hausfrau manchmal sehr lang, aber eine andere Möglichkeit habe sie auch kaum noch: Ihr Studium habe sie in den sechziger Jahren abgebrochen, ja, eigentlich noch gar nicht recht begonnen, als sie schon Manfred kennen lernte, und ohne Ausbildung sei es hier schwer, eine Arbeit zu finden, die Spaß macht.

»Ich hatte geglaubt, dass du schon fast Magister der Philosophie warst«, sagte ich.

»Wer hat das gesagt?«

»Eija.«

»Na ja, zu Hause musste ich natürlich etwas mehr aus dem machen, was ich wirklich erreicht hatte«, sagte die Schwester.

24

Als Manfred mir die dritte Flasche Bier anbot, lehnte ich ab. Ich sagte, ich müsse noch in Finnland anrufen und wolle wach und bei vollem Verstand sein, wenn Eijas Bräutigame das Auto brächten.

»Ich muss im Wagen Inventur machen«, sagte ich.

»Glaubst du, die würden deine jämmerlichen Bücher klauen?«, fragte Eija.

»Die Bücher sind bares Geld wert«, sagte ich.
»Für die wohl kaum.«
Ich fragte, ob ich in Finnland anrufen dürfe. Manfred zeigte mir, wo das Telefon stand. In der Brieftasche hatte ich einen Zettel mit der Durchwahlnummer und schaffte es auch, die Nummern so zu wählen, dass ich es in Finnland klingeln hörte.
»Bei Sand«, sagte mein Sohn am Telefon.
»Hier Pappa.«
»Von wo rufst du an?«, fragte er.
»Aus Deutschland«, sagte ich.
»Wann bist du denn dahin gefahren?«, fragte mein Sohn. Ich ließ mich auf keine Erklärungen ein, sondern fragte, ob die Mutter zu Hause sei.
»Ja, ist sie«, sagte mein Sohn.
»Na, dann hol sie schnell ans Telefon«, rief ich. Der Junge legte offenbar den Hörer auf den Telefontisch, aber es dauerte eine Weile, bis meine Frau sich meldete.
»Von wo rufst du an?«
»Aus Köln.«
»Hast du noch den Hund dabei?«
»Welchen Hund?«, fragte ich verwundert.
»Den Hund von Saarelainen.«
»Ach den. Nein«, sagte ich.
»Wo hast du ihn denn gelassen?«
»Der ist in Hannover unters Auto gekommen und krepiert«, sagte ich, weil mir nichts Besseres einfiel.
»Hast du das Saarelainen schon erzählt?«, beharrte sie.

»Nein, noch nicht«, sagte ich.
»Möchtest du, dass ich von hier aus anrufe und ihm das erzähle?«
Ich verbot meiner Frau, Saarelainen anzurufen, und sagte, dass ich ihm selbst vom Tod seines Hundes berichten wollte, wenn ich zurück in Finnland sei. Ich erzählte, dass Saarelainen sehr an seinem Hund gehangen habe und dass dessen Tod ihn schwer erschüttern würde, wenn er plötzlich und unvorbereitet davon erführe.
»Rufst du vom Hotel aus an?«
»Woher denn sonst?«
»Wie heißt das Hotel?«
»Hotel zum Bahnhof«, sagte ich. Ein Hotel dieses Namens hatte ich auf der Fahrt nach Köln an irgendeiner Station gesehen.
»Ist das ein gutes Hotel?«, fragte meine Frau.
»Mittelklasse«, sagte ich.
Meine Frau fragte noch, wann ich nach Hause zu kommen gedächte. Ich sagte, der Bücherverkauf habe heute erst richtig begonnen, bisher habe die Verkaufsarbeit nur in Markterkundung bestanden; ich würde mindestens eine Woche in Deutschland zubringen. Meine Frau sagte, dass sie alle oft an mich dächten und dass Rechnungen gekommen seien, aber sie habe sie alle bezahlt, und ich könne ihr das Geld ja dann irgendwann wiedergeben. Gerade wollte ich das Gespräch beenden, als aus dem Wohnzimmer die lauten Stimmen von Eija und ihrer Schwester herüberdrangen.

»Ist dort jemand?«, fragte meine Frau.
»Ich hab den Fernseher an«, sagte ich.
»Es hört sich so an, als ob Frauen Finnisch sprächen.«
»Da läuft ein ungarischer Film«, sagte ich.
»Werden im deutschen Fernsehen ungarische Filme gezeigt?«, fragte meine Frau.
»Warum nicht, dies ist ein Kulturland«, sagte ich.
Ich verabschiedete mich und legte auf. Aus dem Wohnzimmer drang das laute Gelächter von Eija und ihre Schwester herüber. Ich ging dorthin und sagte, ich würde noch ein zweites Telefongespräch führen, wenn es erlaubt sei. Eijas Schwester fragte, ob mir auf dieser Reise ein Hund gestorben sei.
»Das ist Geheimsprache zwischen meiner Frau und mir«, sagte ich.
Eijas Schwester übersetzte das für Manfred, der mir zuzwinkerte und lachte.
»Ach Eino, Eino«, sagte Manfred.
Ich ging zurück in den Flur und rief Saarelainen an. Er erzählte, dass das Geld heute abgegangen sei, und nannte mir Namen und Adresse der Bank. Ich notierte alles auf einem Zettel und steckte ihn in meine Brieftasche. Saarelainen meinte, dass ich das Geld morgen haben müsste. Ich erzählte, dass ich die ersten sechzig Bücher verkauft hätte.
»Zu welchem Preis?«, fragte Saarelainen.
»Na, mit dem Preis ist kein Staat zu machen, Hauptsache, dass das Geschäft angelaufen ist«, sagte ich.

Saarelainen begnügte sich damit und fragte, wie sein Auto bisher funktioniert habe.
»Wie eine Schweizer Uhr«, sagte ich.
»Ja, das ist eine prima Karre«, sagte Saarelainen.
Ich verabschiedete mich und versprach, wieder anzurufen. Saarelainen erzählte, er fahre nach Frankfurt zur Buchmesse, sein Verleger hatte ihn gebeten, mit ihm zu fahren; wenn ich zu der Zeit in der Gegend zu tun hätte, könnten wir uns treffen und sehen, ob er mich beim Verkauf der Bücher unterstützen könne, bei der Messe seien viele Leute, die uns behilflich sein könnten. Wir müssten nur die richtigen Leute finden, solche, die etwas für uns tun könnten; sein Verleger kenne sie alle. Ich versprach, dass ich versuchen würde, ihn dort zu besuchen, legte auf und ging ins Wohnzimmer.
»Jetzt ist auch das Geschäftliche erledigt?«, fragte Manfred.
»Ja.«
»Darauf ein Bier«, sagte Manfred.
Ich nahm das Bier und trank. Ich fragte Eija, ob ihre Freunde hierher finden würden und ob sie überhaupt vorhätten zu kommen; es war schon nach acht. Eija sagte, sie wisse nur, was sie ihr bei der Abfahrt versprochen hatten, und dass sie ihnen vertraue.

Um zehn Uhr abends wurde ich allmählich nervös. Wir hatten weitere Biere und Schnäpse getrunken, und Manfred schlug jetzt vor, in den Kegelklub zu ge-

hen und zu sehen, ob wir einen Kegel umgelegt bekämen: Die Mädels könnten hier bleiben und auf mein Auto warten, zumal Eija, die es den Amerikanern überlassen hatte, und Eijas Schwester könne ihr Gesellschaft leisten.
Ich sagte, ich würde die Wohnung, deren Adresse die Amerikaner hatten, nicht verlassen, aber wenn Manfred den Mädchen die Anschrift des Kegelklubs gäbe und diese die Amerikaner dorthin schickten, könnte ich mitgehen. Diesen Gedanken hielt Manfred nicht für gut. Wir sahen uns einen amerikanischen Serienfilm im Fernsehen an. Darin gerieten amerikanische Soldaten in irgendeinem Land des Fernen Ostens in allerlei knifflige und komische Situationen, kamen aber dank ihrer Pfiffigkeit und ihres geradlinigen Handelns immer wieder aus dem Schlamassel heraus. In diesem Film sprachen die Amerikaner Deutsch. Danach kam im Fernsehen ein alter Western, in dem ebenfalls alle Deutsch sprachen, auch John Wayne.
»Die kommen nicht mehr«, sagte Manfred gegen elf.
»Das ist schon möglich«, sagte Eija.
»Was machen wir jetzt?«, fragte ich.
Eija sagte, sie fahre auf alle Fälle mit dem Morgenzug in die Schweiz, weil die Kurse übermorgen begännen und sie die Kursgebühren in die Kasse der Finnischen Gesellschaft für Meditation eingezahlt habe, das Geld ginge sonst verloren. Außerdem interessierten die Kurse sie sehr.

»Willst du da wirklich fliegen lernen?«, fragte Manfred.
»Erzähl ihm nichts«, sagte Eijas Schwester.
»Diese Meditation hat mich schon immer interessiert, die ist in«, sagte Manfred. Er war schon betrunken, und ich spürte, dass ich auch selbst nicht mehr ganz nüchtern war, nachdem wir so viele Biere und dazu Schnäpse getrunken hatten.
»Lass uns in die Sauna gehen, Eino«, sagte Manfred.
»Hast du eine Sauna?«, fragte ich.
»Natürlich hab ich eine Sauna, ich bin doch der Schwiegersohn von Finnen.«
»Wie lange dauert das Anheizen?«
»Meine Sauna ist immer warm«, sagte Manfred.
Ich verstand, dass er eine Sauna meinte, die nicht bei ihm zu Hause war, und wusste nicht, was ich sagen sollte.
»Ihr geht in keine Sauna«, sagte Eijas Schwester.
»Was ist denn an der Sauna Schlechtes?«, sagte Manfred.
»Geht doch, geht«, schrie Eijas Schwester. Sie verließ das Wohnzimmer und knallte in den anderen Räumen mit den Türen.
»Was hat sie denn?«, fragte ich.
»Das hab ich dir doch unterwegs erklärt«, sagte Eija. Ich wusste nicht mehr, was sie mir auf der Herfahrt alles erklärt hatte. Unten auf der Straße begann jemand so zu hupen, dass der Platz widerhallte. Eija ging ans Fenster, um nachzusehen, und rief, mein Auto sei gekommen. Eija und ich liefen hinunter.

25

Auf der Straße hupten die Amerikaner immer noch, als wir herauskamen. Eija verbot ihnen, die ganze Stadt aufzuwecken; sie mussten lachen, zwei lange amerikanische Schlackse. In den Fenstern sämtlicher Häuser sah ich Leute.

Manfred rief von oben, wir sollten alle hereinkommen, er gäbe Bier aus. Ich fragte, ob noch alles da und das Auto in Ordnung sei.

»Was für eine Sprache spricht der?«, fragte der eine Amerikaner.

»Englisch«, sagte ich.

»Irgendwie kam es mir bekannt vor.«

»Das ist Eino«, sagte Eija und zeigte mit der Hand auf mich, als wäre ich eine Touristenattraktion. Die Amerikaner stiegen aus dem Auto und gaben mir die Hand, klopften mir auf den Rücken und sagten etwas, was ich nicht verstand. Ich überlegte, wie ich sie auf Englisch beschimpfen könnte.

»Eija, frag die jetzt nach dem Auto und den Büchern«, sagte ich.

Eija übersetzte, und die Amerikaner erklärten ausführlich irgendetwas, wie sie irgendwo ihre Papiere zeigen mussten, wie sie in der Garnison die Bücherpakete allesamt öffnen mussten und wie sie sich dennoch aus der Affäre gezogen hatten. Eija sagte, dass sie mein Auto noch brauchten. Sie müssten nach

Stuttgart fahren, um dort in der amerikanischen Garnison ihre Geschäfte zum Abschluss zu bringen. Ich sagte, die Mietzeit des Wagens sei gerade abgelaufen, und jetzt gehe es nur noch um die Bezahlung der Rechnung.

Ich zog die Seitentür auf, sie war nicht verschlossen, machte aber auch nicht den Eindruck, als wäre sie aufgebrochen worden. Ich fragte, wie sie die Tür aufbekommen hätten, und sie sagten, dass jeder die Seitentür aufbekäme, der ein plattes Metallstück besäße, das in das Schlüsselloch passte. Ich zählte die Kartons, sie waren alle geöffnet, aber vollzählig vorhanden. Ich warf einen Blick in die obersten Kartons, alle waren randvoll mit Saarelainens Buch ›Fünfzehn Meter nach links‹. Auf den Kartons lagen die Sachen der Amerikaner und sorgfältig zusammengelegte Armeekleidung.

»Lass uns reingehen«, sagte Eija.

Die Jungs sagten, sie hätten keine Zeit, sie hätten den Umweg über Köln nur gemacht, weil Eija ihnen nicht ihre Telefonnummer gegeben habe; jetzt wollten sie sie haben, damit sie anrufen könnten, falls es unterwegs Schwierigkeiten gäbe. Ich solle ihnen auch den Autoschlüssel geben, weil das Starten nach ihrer Methode die Batterie unnötig strapaziere. Ich sagte, ich würde ihnen weder das Auto noch den Schlüssel geben; sie könnten froh sein, dass ich sie nicht bei der Polizei angezeigt hätte.

»Und was, zum Teufel, transportiert ihr nächtens in

meinem Wagen von einer Garnison zur anderen?«, fragte ich.
»Mal dies, mal das«, sagte der eine Amerikaner.
»Damit ist jetzt Schluss«, sagte ich.
»Ich sehe deinen Punkt«, sagte der eine Amerikaner und brach in Gelächter aus. Ich überlegte, was das bedeutete. Die anderen gingen hinauf. Ich schloss den Wagen ab, sah mir die unter dem Zündschloss baumelnden losen Leitungsenden an, rief, sie sollten sofort die Elektrik des Anlassers reparieren, aber sie hörten mich nicht mehr. Die Haustür hatten sie ins Schloss fallen lassen, sodass ich nicht hineinkam.
Ich dachte schon daran loszufahren, aber mir fiel ein, dass sich oben noch mein Koffer und vierzig Bände von Saarelainens Buch befanden; auch meine Jacke war oben und in der Jackentasche Geld und mein Pass und die Schiffskarte. Ich war mir auch nicht ganz sicher, ob ich den Anlasser in Ordnung bekäme, und wusste nicht, ob ich das Auto ohne Schlüssel würde starten können. Ich sah Manfred immer noch am Fenster und rief ihm zu, er möge mir die Tür öffnen, und er ging auch und ließ mich hinein, indem er oben auf den Summer drückte.
Als ich hineinkam, saßen alle im Wohnzimmer, als hätten sie ihr Leben lang dort gesessen. Manfred spendierte Bier. Er schlug vor, dass alle Männer jetzt in die Stadt fahren und in die Sauna gehen sollten, weil sicherlich auch die Amerikaner nach der langen Reise schmutzig und verschwitzt und ihre Muskeln vom

Sitzen im Auto steif geworden waren. Die Sauna täte uns allen gut.
Die Amerikaner wollten nicht in die Sauna, sie hatten noch eine lange Fahrt vor sich; wenn ich wollte, könne ich mit ihnen nach Stuttgart kommen. Dort bekäme ich den Wagen zurück, aber ich müsste mich damit begnügen, im Laderaum auf den Bücherkartons zu reisen. Sie würden ihre geschäftlichen Angelegenheiten in der Garnison erledigen und dann mit dem Zug nach Frankfurt am Main fahren, und ich könne mit meinem Wagen ihrethalben fahren, wohin ich wolle, und sei es zum Teufel.
Plötzlich verstand ich ihr Englisch ganz gut, sie wiederum verstanden nicht so recht das Englisch, das ich sprach, oder sie taten, als verstünden sie es nicht. Englisch war freilich nicht meine starke Sprache; ich hatte sie weder in der Schule noch in der höheren Handelsschule lernen müssen, sondern mein ganzes Englisch hatte ich mir als kleiner Junge angeeignet, indem ich englischsprachige Radiosendungen hörte und später im Fernsehen englische Serien verfolgte.
»Für uns wäre es leichter, mit deinem Auto zu fahren, wenn du dabei wärst.«
»Wir zahlen dir Lohn dafür«, sagte der andere.
»Was für Lohn?«, fragte ich.
»Gehilfenlohn.«
»Mit Gehilfenlohn fahre ich nirgendwohin«, sagte ich.
»Unsere Gehilfen bekommenen bessere Löhne als der finnische Präsident«, sagte der eine Amerikaner.

»Ach, gibt es in Finnland einen Präsidenten?«, fragte der andere.
»Natürlich, was denn sonst«, sagte ich.
»Und ich dachte, ihr hättet dort nur einen Parteichef«, sagte der Amerikaner. Er nahm aus seiner Tasche ein Bündel eingerollte Geldscheine, rollte es auf und zählte mir fünf Hundertdollarnoten auf den Tisch. Ich dachte an den Kurs und rechnete aus, dass ich für diesen Betrag in finnischem Geld drei Riesen bekommen würde.
»Wofür das?«, fragte ich.
»Für das Bisherige«, sagten sie wie aus einem Munde.
»Und was soll ich jetzt machen?«
Sie lachten, weil sie verstanden, was ich gesagt hatte.
»Nichts weiter als sitzen. Morgen Abend kommen wir zurück.«
»Morgen muss ich zur Bank gehen und mein Geld abholen«, sagte ich.
»Das wird in der Bank nicht sauer.«
»Ich komm nicht mit.«
»Fahr doch mit«, sagte Eija.
»Fahr selbst«, sagte ich.
»Ich fahr morgen früh in die Schweiz«, sagte sie.
Ich sagte den Amerikanern, dass ich keinesfalls mit ihnen mitfahren wolle und außerdem meine Zweifel an der Art ihrer geschäftlichen Aktionen hätte: Sie eigneten sich nicht für einen ehrlichen Menschen, wie ich einer war. Die Amerikaner sagten, sie würden jetzt auf jeden Fall fahren. Sie nahmen den Autoschlüssel aus

meiner Jackentasche, obwohl ich es ihnen streng verbot und auf meine physische Unantastbarkeit als Bürger eines fremden Landes verwies: Ich könne mich jederzeit mit dem finnischen Konsul in Verbindung setzen. Das bestätigten die Amerikaner und verließen die Wohnung.

Ich lief hinterher und drohte mit der Polizei. Sie forderten mich sogar auf, die Polizei anzurufen, zumal wenn ich mein Einziges verlieren wolle. Als ich fragte, was sie damit meinten, öffnete der eine Amerikaner die rückwärtige Tür des Wagens und zeigte mir ein Sturmgewehr zwischen den Bücherkartons. Dann sagte er kein Wort mehr.

Ich sah zu, wie sie die Kabel am Zündschloss reparierten und dann mit dem Schlüssel den Motor anließen. Die Amerikaner sagten noch, sie kämen morgen Abend wieder und brächten mir dann das Auto zurück. Die fünfhundert Dollar, die ich bekommen hatte, könne ich als nettes Andenken an die Berge von Pennsylvania behalten.

Dann fuhren sie los, die Straße entlang in Richtung auf den Friedhof, und waren bald verschwunden. Ich ging hinauf in die Wohnung und in das Zimmer, das man mir zugewiesen hatte. Ich öffnete den Koffer, nahm meinen Schlafanzug heraus, zog ihn an und legte mich schlafen. Aus dem Wohnzimmer hörte ich die Stimme von Eija und ihrer Schwester, die miteinander Finnisch sprachen. Ab und zu sagte Manfred etwas auf Deutsch. Darauf antworteten die Frauenstimmen auch auf Deutsch, aber zornig. Bald darauf ging die Tür, und ich hörte, wie jemand die Wohnung verließ. Eija und ihre Schwester kamen in mein Zimmer, schalteten die Deckenbeleuchtung ein und setzten sich beide auf den Rand meines Bettes.

»Schläfst du, Eino?«, fragte Eija mehrmals. Ich lag da mit geschlossenen Augen. Da ich nicht antwortete, begann Eija mich an der Schulter zu rütteln.

»Ist er weggesackt?«, fragte Eijas Schwester.

»Nein, er tut nur so«, sagte Eija. »So weit kenn ich ihn schon.«

Ich setzte mich im Bett auf und befahl ihnen, mich in Ruhe zu lassen: Eija habe kein Recht, mitten in der Nacht in mein Zimmer einzudringen und mich hin und her zu rütteln. Sie habe den Amerikanern nicht untersagt, mein Auto wegzunehmen, habe mir in keiner Weise geholfen, sondern mit angesehen, wie sie mir den Autoschlüssel wegnahmen und ihres Weges fuhren; ich hätte schon begriffen, mit was für einer Fracht sie durch die Nacht von einer Garnison zur anderen fahren, mit Waffen im Gepäck. Wenn man sie erwischte, fielen der Wagen und die Ladung, Saarelainens sämtliche Bücher, an den Staat. Ich könnte Saarelainen, dem Eigentümer des Wagens und der Bücher, diesen Verlust nie ersetzen. Auch ich sei in die Sache hineingezogen worden, obwohl ich gegen die Kriminalität und besonders gegen solche sei.

»Die handeln nicht mit Rauschgift«, behauptete Eija.

Ich mochte nicht antworten, machte die Augen zu und streckte mich wieder im Bett aus. Eine Weile redeten sie noch auf mich ein, aber als ich keine Neigung zeigte zu antworten, gingen sie und machten das Licht aus.
»Gute Nacht«, sagten sie beide an der Tür. Ich antwortete nicht. Ich glaubte nicht, dass die Nacht gut würde.
Ich erwachte davon, dass im Nachbarzimmer gestritten wurde. Ich erkannte Manfreds Stimme, und auch die Stimme von Eijas Schwester war zu hören. Worüber sie miteinander sprachen, konnte ich nicht verstehen. Eijas Schwester sprach mehr, in längeren Sätzen und wortreich, während Manfreds Antworten müde und kurz klangen.
Als der Streit eine Weile gedauert hatte, wurde Manfreds Stimme lauter, und dann hörte ich, wie jemand mit der flachen Hand auf nackte Haut schlug, und das leise Weinen einer Frau. Das konnte ich nicht mehr mit anhören, ich schlug mit der Faust gegen die Wand, und da wurde es im Nachbarzimmer still.
Lange saß ich auf dem Bettrand und horchte, ob der Streit noch weitergehen würde; dann hörte ich vorsichtige Schritte, das Rascheln von Kleidern und Geräusche, aus denen zu schließen war, dass man sich im Nebenzimmer schlafen legte. Auch ich legte mich hin. Für den Rest der Nacht fand ich keinen Schlaf mehr.

26

Als ich am Morgen aufstand, hörte ich, dass die anderen schon in der Wohnung herumgingen. Manfred trank seinen Morgenkaffee in der Küche und lachte über irgendetwas, als ich kam. Er bot mir Kaffee an.
»Wir hatten nachts einen kleinen Streit«, sagte er.
»Das hab ich gehört«, sagte ich kurz.
»Schrecklich, dass man sich vor fremden Leuten streiten muss«, sagte Eijas Schwester.
»Halb so schlimm«, sagte ich.
Man schenkte mir Kaffee ein, und ich begann zu trinken. Eija kam in die Küche und sagte, dass sie ihre Reise in die Schweiz verschieben wolle. Sie habe das in der Nacht so beschlossen.
»Ich kann dich mit denen nicht allein lassen«, sagte sie.
»Wie konntest du nur an solche Penner geraten«, sagte ich.
»Das sind so nette Jungs«, sagte Eija.
Manfred ging zur Arbeit und versprach, um fünf nach Hause zu kommen: Dann könnten wir alle zusammen ausgehen und uns amüsieren.
»In die Sauna?«, fragte Eijas Schwester.
»Das täte auch dir nur gut«, sagte Manfred.
»Da gibt es natürlich auch Gruppensex«, sagte Eijas Schwester. Manfred sagte, er wolle gehen, bevor ihn wieder die Wut packe; er sei gut gelaunt aufgewacht und habe beschlossen, wieder einmal alles zu verzei-

hen, den Streit und das Geschrei, aber er sei sich gleich nicht mehr sicher, ob das Verzeihen etwas genützt habe; alles fange anscheinend wieder von vorn an.
»Wer hat hier etwas zu verzeihen?«, fragte Eijas Schwester.
»Kann ich dich denn hier den ganzen Tag mit zwei Frauen allein lassen?«, fragte mich Manfred.
»Ich bin ein Gentleman«, sagte ich; mir war nicht klar, was das wirklich bedeutete.
»Das scheint mir auch so«, sagte Manfred, ging und lachte noch immer. Bald hörte man ihn unten auf der Straße seinen Wagen starten.
Ich aß Butterbrote und trank Kaffee. Eijas Schwester erzählte, dass es in Deutschland zehntausend unglückliche finnische Mädchen wie sie gebe, die von ihren Manfreds und Wolfgangs geplagt würden. Ihrer Ansicht nach war der finnische Mann mit all seinen Fehlern als Ehemann besser als zehn Manfreds.
»Der finnische Mann hat Herzensgüte«, sagte sie. Ich dankte. Der warme Kaffee und die Butterbrote machten mich müde, denn ich hatte den Rest der Nacht überhaupt nicht mehr geschlafen. So ging ich in mein Zimmer und legte mich aufs Bett, um auszuruhen, und schlief ein.
Gegen zehn wurde ich geweckt. Eija sagte, wir müssten zur Bank gehen; sie könne mich dorthin begleiten, weil sie Zeit habe und das Zentrum von Köln gut kenne. Ich zeigte ihr die Adresse, die ich von Saarelainen bekommen hatte, und Eija und ihre Schwester über-

legten, wo sich in Köln eine Straße dieses Namens befand. Sie holten einen Stadtplan und studierten ihn so lange, bis sie die Stelle gefunden hatten.
Zu dritt machten wir uns auf den Weg in die Stadt. Wir fuhren mit dem Bus und saßen lange darin. In der Bank war von meinem Geld nichts bekannt. Man verwies mich an einen Schalter, hinter dem ein kleiner, runder, glatzköpfiger Mann saß. Auf der Theke sah ich ein Schild mit seinem Namen: Herr Russ. Er sagte, dass heute aus Finnland kein Geld gekommen sei und schon gar nicht für einen Mann meines Namens. Ich bat ihn, die gesamte Auslandspost dieses Tages durchzusehen, weil mein Geschäftspartner in Finnland mir mitgeteilt hatte, dass er das Geld per Eilanweisung in ebendiese Bank geschickt habe. Herr Russ stand auf und blieb lange fort. Als er zurückkam, versicherte er, dass für mich kein Geld da sei, aber es könne ja mit der Nachmittagspost kommen. Die werde der Bank gegen zwei Uhr zugestellt. Herr Russ sagte, ich könne gegen zwei noch einmal nachfragen.
»Was machen wir jetzt?«, fragte ich.
»Da hilft wohl nichts als warten«, sagte Eija.
»Aber nicht hier«, sagte Eijas Schwester. Wir entfernten uns von Herrn Russ' Schalter.
»Verbummeln Sie das Geld bloß nicht«, sagte ich beim Gehen. Herr Russ lächelte nicht, er wünschte uns Auf Wiedersehen.
Beim Geldwechsel tauschte ich die Dollars der Amerikaner in D-Mark ein.

Nachmittags gegen zwei waren wir wieder in der Bank. Herr Russ saß unbeweglich an seinem Platz, er hatte unser Kommen bemerkt, sagte aber nichts, bevor ich ihm einen guten Tag wünschte.
»Ist meine Geldanweisung eingetroffen?«, fragte ich.
»Woher und auf welchen Namen?«, fragte Herr Russ.
»Auf denselben Namen und aus demselben Land wie am Vormittag«, sagte ich.
»Ist am Vormittag in dieser Bank eine Geldanweisung für Sie eingegangen?«, fragte Herr Russ.
Ich erklärte, dass ich mich schon am Vormittag bei ihm nach einer Geldüberweisung erkundigt hätte, dass sie zu dem Zeitpunkt aber noch nicht eingetroffen war. Herr Russ habe mich deshalb gebeten, am Nachmittag wiederzukommen, wenn die Nachmittagspost ausgetragen sei. Ich nannte auch meinen Namen und den Namen des Absenders sowie den Namen des Landes, aus dem die Sendung für mich kommen sollte.
»Eine solche Sendung ist hier leider nicht«, sagte Herr Russ, ohne sich von seinem Platz zu rühren.
»Das Geld muss hier sein, denn es ist hierher geschickt worden,« sagte ich. Herr Russ sagte nichts mehr zu mir, er wandte mir den Rücken zu und begann, in irgendwelchen Papieren zu lesen, die auf seinem Tisch lagen.
»Nun geh schon nachsehen, wo mein Geld geblieben ist«, sagte ich mit lauter Stimme.
»Auf Ihren Namen ist keine Sendung eingegangen.«

»Aber natürlich ist die hier irgendwo. Nun mach schon und tu was für die Kunden«, sagte ich noch lauter.
Jetzt erhob sich Herr Russ und spazierte in ein Zimmer irgendwo im hinteren Teil des Geschäftsraums der Bank. Er blieb dort sehr lange. Einmal sah ich, wie er kurz aus der Tür schaute, aber er verschwand wieder, bevor ich rufen und nach meinem Geld fragen konnte.
Schließlich kam er zurück und sagte, er habe die Anweisung für mich nirgends finden können, aber ich könne morgen kommen und nachfragen.
»Morgen?«
»Die Vormittagspost kommt um zehn«, sagte Herr Russ und wandte mir wieder den Rücken zu. Ich sah zu, wie er aus der obersten Schublade seines Schreibtisches Quittungen herausnahm und sie auf vier Haufen sortierte wie Spielkarten. Er hatte in seiner Schublade Hunderte von Quittungen, die sortiert werden mussten.
Wir verließen die Bank. Ich vermutete, Herr Russ sei vorhin einfach Kaffee trinken gegangen und habe gehofft, dass wir inzwischen verschwinden würden. Eija fragte, ob ich sicher sei, dass Saarelainen das Geld wirklich an diese Bank geschickt hatte. Ich zeigte ihr den Zettel mit dem Namen und der Anschrift der Bank.
»Diese Adresse hat er mir gegeben. Und eine Bank war das wohl hier.«

Wir gingen die Straße entlang in Richtung Flussufer. Wir beschlossen, zu Fuß in die Altstadt zu gehen und dort ein Bier zu trinken, außer Eija, die bis an ihr Lebensende abstinent bleiben wollte – weil schon ein Glas Bier, wenn es die normale Menge Alkohol enthält, den Menschen auf dem Wege seiner geistigen Entwicklung um sieben Jahre zurückwerfe, ein Weg, auf den sich jeder von uns eines Tages begeben müsse, und auf dem wir, ohne uns dessen bewusst zu sein, schon wandelten.

Jetzt hakten mich die Mädels unter, und so gingen wir. Es regnete nicht, aber vom Fluss her blies ein kalter Wind, der Müll und buntes Papier in die Luft wirbelte, das die Deutschen auf ihre Straßen geworfen hatten. Eijas Schwester sagte, es sei ihr angenehm, sich nach so langer Zeit an einem finnischen Mann festzuhalten, der auch ganz echt roch und nicht nach dem Rasierwasser, das Manfred sich jeden Morgen flaschenweise ins Gesicht klatschte.

»Wonach rieche ich denn?«, fragte ich.

»Nach Heimat«, sagte Eijas Schwester.

»Eino, hallo Eino!«, hörte ich es plötzlich rufen. Ich sah mich um, begriff aber nicht, woher das Rufen kam. Dann aber entdeckte ich auf der anderen Straßenseite die Rönkkös, die riefen und winkten und gestikulierten. Anscheinend waren sie betrunken, alle drei trugen eine dunkle Sonnenbrille, obwohl der Sonnenschein Millionen von Lichtjahren entfernt sein musste.

»Warte, Eino!«, riefen sie und begannen, die Straße an der Stelle zu überqueren, wo wir gerade standen. Die Autos bremsten, es wurde gehupt, Autofenster wurden heruntergekurbelt, und aus den Autos rief man den Rönkkös auf Deutsch zu: »Schweinehunde. Dumme Schweine. Säue. Idioten. Donnerwetterschweinehundeidioten.«

Die Rönkkös schlängelten sich zwischen den Autos hindurch, wichen aus und drohten den Autos mit der Faust. Rauno Rönkkö schlug mit der Faust auf die Motorhaube eines Autos, dass es knallte. Eija schrie ihnen zu, sie sollten sich doch nicht für nichts und wieder nichts in Lebensgefahr begeben, aber die Jungs sprangen zwischen den Autos hindurch und riefen Eija beim Namen. Sie freuten sich, nach langer Zeit auch Eija wieder zu sehen.

27

Als sie den Bürgersteig erreicht hatten, fielen die Rönkkös über uns her und drückten uns nach Kräften. Ich versuchte Eijas Schwester zu erzählen, wer die Männer waren, aber die Rönkkös ließen mich nicht zu Wort kommen.

»Versuch hier gar nicht erst, Deutsch zu brabbeln, Eino«, schrien sie und lachten und boten mir einen

Schluck aus ihren Flachmännern an. Wir tranken aber nicht mitten auf der Straße, sondern gingen in die erste beste Kneipe und bestellten Bier: Alle drei Rönkkös redeten gleichzeitig und sagten, wie sie sich freuten, mich und Eija gefunden zu haben, und dass sie uns auch gesucht hätten.

»Übersetz mal dem Mädel hier, dass wir auf der Finnjet in derselben Kabine gewohnt haben«, sagte Rauno Rönkkö und zeigte mir Eijas Schwester mit dem Finger.

»Sie spricht Finnisch«, sagte ich.

Davon waren alle Rönkkös restlos begeistert, und sie erzählten Eijas Schwester, wie wir auf dem Schiff zufällig in dieselbe Kabine geraten waren, wie sie geglaubt hatten, ich sei ein Schiffsräuber, der ihnen ihr Geld und die Ersatzteile für die Motorsägen stehlen wollte. Aber als sie es geschafft hatten, mich stockbesoffen zu machen, hätten sie bemerkt, dass ich ein ehrlicher finnischer Handelsvertreter bin. Sie erzählten auch, dass wir gute Freunde geworden seien, und wenn ich auch Eija auf dem Tanzboden abgeschleppt hätte, so sei doch unsere Freundschaft dadurch nicht ins Wanken geraten und werde es auch in Zukunft nicht.

»Ganz so war es nun nicht«, sagte ich.

»War es nicht so?«, fragten die Rönkkös Eija.

»Ihr wolltet doch schon im Wald sein«, sagte ich.

»Der Wald kann warten«, sagten sie, erzählten dann aber, dass in ihrem Arbeitsbefehl ein Fehler war und

die Arbeiten erst eine Woche später beginnen sollten. Als sie das gehört hatten, waren sie sofort aufgebrochen, weil sie nicht zu dritt in dem traurigen Barackendorf inmitten der norddeutschen Wälder sitzen und die Ketten ihrer Motorsägen ölen wollten: Der Schnaps vom Schiff war schon auf der Taxifahrt alle geworden. Sie hatten sich daran erinnert, dass Eija unterwegs nach Köln war, und hatten vermutet, dass ich ihr hinterherlaufen würde wie ein junger Hund und dass sie in den Straßen von Köln über kurz oder lang auf uns stoßen würden, wenn sie nur die ganze Zeit in Bewegung blieben.
Sie erlaubten uns nicht, unser Bier zu bezahlen, und Mauri Rönkkö bestellte immerzu neues nach. Dabei rief er jedes Mal mit lauter Stimmer »Fräulein!«, und der schnauzbärtige Kellner kam hinter der Theke hervor, brachte große Krüge voller Bier, betrachtete uns eine Weile, schüttelte den Kopf und kehrte hinter die Theke zurück, um die anderen Kunden zu bedienen. Mauri Rönkkö sagte, dass ihm das Deutsche allmählich wieder einfalle, weil er schon früher im deutschen Lande gearbeitet habe.
»Wie lange seid ihr schon in Köln?«, fragte ich.
»Zwei Tage wohl«, sagte Pertsa Rönkkö.
»Habt ihr ein Quartier?«
»Natürlich.«
»Wo?«
»Wir wohnen in einem Hotel, wie heißt das doch, Excelsior«, sagte Rauno Rönkkö.

»Das ist das teuerste Hotel der Stadt«, sagte Eijas Schwester.
»Wir sind ja auch angesehene Leute«, sagte Rauno Rönkkö.
»Wie habt ihr euch denn in so ein Hotel verirrt?«, fragte ich.
»Das war da in der Nähe vom Bahnhof«, sagten sie.
Ich fragte, ob sie denn Geld hätten, um das auch zu bezahlen. Sie erzählten, dass der deutsche Arbeitgeber ihnen einen Vorschuss gegeben habe; Geld spiele für sie keine Rolle. Als es ans Bezahlen ging, zog Pertsa Rönkkö ein Bündel Geldscheine so ungeschickt aus der Brusttasche, dass er sie über den Fußboden der halben Kneipe verstreute. Wir sammelten sie auf und legten sie auf den Tisch, und ich sah, dass da ein Haufen Hundertmarkscheine im Wert von fünftausend Mark lag. Die anderen Rönkkös sagten, sie hätten ebenso viel Geld, aber sie würden es nicht auf dem Fußboden irgendwelcher Kneipen verstreuen.
»Nun schmeiß doch um Himmels willen mit deinem Geld nicht so rum«, sagte ich.
»Das ist kein Geld. Das ist Papier«, sagte Pertsa Rönkkö.
Ich stopfte ihm das Geld in die Brusttasche zurück. Die Rönkkös luden uns für den Nachmittag in ihr Hotel ein: In ihrem Appartement sei ein Schrank voller Schnaps, und sie hätten den Schlüssel dazu. Eijas Schwester sagte, sie müsse gehen und für Manfred Essen kochen. Das Essen müsse fertig sein, wenn er von

der Arbeit nach Hause kommt, sonst würde Manfred ihr wochenlang vorhalten, wie faul sie sei. Die Rönkkös waren der Ansicht, dass sie auf keinen Fall gehen dürfe, wir müssten zusammenbleiben, Menschen aus einem kleinen skandinavischen Land mitten im Land der Deutschen.

»Lass doch den Germanen seine Nägel kauen«, sagte Pertsa Rönkkö.

Ich erzählte den Rönkkös, wie es mir ergangen war, wie die Amerikaner mir sowohl die Bücher als auch mein Auto weggenommen hatten und dass ich ohne die Bücher überhaupt nicht die Arbeit tun konnte, wegen der ich nach Deutschland gekommen war.

»Der Bücherverkauf war bloß ein Vorwand, um von zu Hause auszubüchsen«, sagte Mauri Rönkkö.

»Die ersten sechzig Bücher sind aber schon verkauft«, sagte ich etwas gekränkt.

Die Rönkkös schrien, darauf müssten wir trinken; sie bestellten für jeden zwei Humpen Bier, obgleich wir die vorigen noch gar nicht ausgetrunken hatten.

»Wir feiern einen Geschäftsabschluss, Fräulein«, riefen sie dem Kellner zu, der das Bier auf den Tisch stellte und immer noch den Kopf schüttelte. Gegen fünf sagte Eijas Schwester, dass sie nicht länger bleiben könne. Bier stand in vielen Seideln auf dem Tisch. Rauno Rönkkö fragte, ob es in Deutschland noch kein Telefonnetz gebe, über das sie ihren Mann anrufen und ihn bitten könne, in diese Kneipe zu kommen, wo wir meinen Verkaufserfolg feierten. In der Buchbranche hatte ein Vertreter es seiner Ansicht nach nicht leicht: Deshalb müsse man auch einen kleinen Erfolg feiern. Sie selbst seien nur gewöhnliche Waldarbeiter, Holzfäller, die schwer schufteten, und keine Kulturmenschen, aber auch sie hätten ihren Anteil an dem Prozess, in dessen Verlauf sich die Bäume des Waldes in Papier und Bücher verwandelten. Eijas Schwester wollte ihren Mann anrufen gehen.

Als sie zurückkam, erzählte sie, dass Manfred schlechter Laune sei. Man habe am Telefon überhaupt nicht mit ihm reden können, und sie müsse sofort nach Hause.

»Ihr könnt uns doch hier nicht allein lassen«, sagten die Rönkkös. Eijas Schwester lud sie ein mitzukommen; die Tür ihres Hauses stehe Finnen immer offen. Diese Rede gefiel den Rönkkös.

28

Manfred sah aus dem Fenster, als wir aus dem Taxi stiegen und zahlten. Wir drückten lange auf die Klingel, aber Manfred öffnete nicht, und schließlich musste Eijas Schwester die Tür mit ihrem eigenen Schlüssel öffnen, den sie lange in ihrer Tasche suchte.

»Er scheint wirklich schlecht gelaunt zu sein«, sagte Eija.

Oben war Manfred nirgends zu sehen. Eijas Schwester führte uns alle ins Wohnzimmer und bot uns Platz an. Die Rönkkös bewunderten ihre Wohnung und äußerten sich entzückt über all die kleinen Gegenstände, die Eijas Schwester und Manfred von ihren Auslandsreisen mitgebracht hatten – kleine Porzellangegenstände und Glastiere, die auf dem Kaminsims und auf den Fensterbrettern zwischen den Blumen standen. Auch kleine Zwerge gab es dort und Tiere mit menschenähnlichen Zügen aus Comicstrips. Eijas Schwester fragte, was sie uns anbieten könne.

»Egal was, Hauptsache flüssig«, sagte Pertsa Rönkkö. Eijas Schwester holte Bier aus dem Kühlschrank und öffnete für jeden von uns eine Flasche. Manfred trat ins Wohnzimmer, als wir unsere Flaschen zur Hälfte geleert hatten.

»Hier wird das Bier des Hausherrn getrunken«, sagte er. Die Rönkkös standen auf, gaben ihm die Hand und nannten ihren Namen. Sie beglückwünschten ihn dazu, eine so gute Frau gefunden zu haben, was ihrer Ansicht nach allerdings nicht schwer war, wenn man sich unter den finnischen Mädchen eine Frau suchte.

»Ihr habt uns ja das Kirchdorf Kuusamo niedergebrannt, aber ihm ist das wohl egal«, sagte Rauno Rönkkö.

»Was sagte er von Kuusamo?«, fragte Manfred.

»Die sind aus Kuusamo«, sagte ich.

Wir übersetzten nicht, was die Rönkkös sonst noch gesagt hatten. Ich erzählte Manfred, dass wir uns auf der Fähre kennen gelernt und jetzt ganz zufällig in der Stadt getroffen hatten, und warum die Rönkkös in Deutschland waren. Manfred war etwas besänftigt und setzte sich. Eijas Schwester brachte auch ihm eine Flasche Bier. Manfred fragte, ob ich und die Rönkkös einen Klaren wollten. Die Rönkkös fanden den Gedanken nicht übel, und Manfred nahm eine Flasche und für uns alle kleine Gläser aus dem Schrank.

Eijas Schwester brachte aus der Küche Butterbrote mit Landleberwurst, Petersilie, Schinken und Käse. Wir aßen.

Ich erzählte Manfred, dass mein Geld noch nicht bei der Bank eingegangen sei und dass ich noch mindestens einen Tag in Köln verbringen müsse. Auch mein Auto müsse ich wiederhaben und Saarelainens Bücher. Manfred sagte, ich könne bei ihnen wohnen, solange meine Angelegenheiten es erforderten, aber mit den Rönkkös würde es schon etwas eng, weil sie drei stattliche Männer seien; wenn sie auch viele Zimmer hätten und zwei davon nicht benutzt würden, jetzt, wo die Kinder schon aus dem Hause seien, so könne er doch nicht jedem Rönkkö ein eigenes Zimmer anbieten. Die Kinder würden ihre Eltern in nächster Zeit kaum mit ihrem Besuch beehren, der Sohn sei gerade nach San Francisco geflogen, wo er, wie er behauptete, Computertechnik studierte, und die Tochter sei mit einem Architekten in Brasilien verheiratet; dennoch sei auch ihre Wohnung raummäßig begrenzt.

»Wir können nicht ganz Finnland unterbringen, auch wenn wir es wollten«, sagte Manfred.
Von den Schnäpsen und der Erinnerung an seine Kinder war Manfred so gerührt, dass er aus dem Unterschrank des Bücherregals drei Fotoalben holte und anfing, mir und den Rönkkös Fotos zu zeigen. Die Kinder darauf waren so, wie Kinder sind, im ersten Album klein, in den anderen größer. Manfred fragte nach unseren Kindern, und wir gaben alle die Größe unserer Familien an. Ich sagte, die Rönkkös brauchten kein Quartier, sie wohnten neben dem Dom im Hotel Excelsior; das machte Eindruck auf Manfred.
»Die amerikanischen Chefs unserer Firma wohnen dort, wenn sie nach Deutschland kommen«, sagte Manfred.
»Für uns ist das Beste gerade gut genug«, sagte Mauri Rönkkö. Er fragte, ob Manfred keinen Musikapparat zu Hause habe, und Manfred legte eine Platte auf. Mauri forderte Eijas Schwester zum Tanzen auf, und sie sprangen so herum, dass der Fußboden dröhnte. Manfred sah zu, wie sie tanzten, sagte aber nichts.
Später am Abend schlug Manfred vor, dass wir Männer in seinen Kegelklub gehen sollten, ein paar Kegel umlegen. Die Rönkkös waren sofort begeistert und sagten, dass sie auch beim Umlegen von Kegeln eine gewisse Meisterschaft erlangt hätten, nicht nur beim Umlegen von Bäumen. Sie hätten bei früheren Arbeitsaufenthalten in Deutschland oft auf den Kegelbahnen der Kneipen ihre Fertigkeiten erprobt.

»Ich kann nicht mitgehen«, sagte ich.
»Eino kann sich nicht trennen«, lachte Pertsa Rönkkö. Manfred nahm mich im Flur beiseite und fragte, ob ich es mit Eija ernst meine; er hielt den Altersunterschied zwischen uns selbst nach deutschem Geschmack für zu groß. Bei ihnen werde es zwar gutgeheißen, dass der Mann zunächst so viel Eigentum ansammelt, dass ein Haus und die Einrichtung vorhanden sind und etwas Geld auf der Bank liegt, bevor er sich nach einer Frau umsieht; fünfzehn Jahre waren nach Manfreds Ansicht ein normaler Altersunterschied, aber er schätzte, dass Eija fünfundzwanzig Jahre jünger war als ich.
»Wir sind nur Freunde«, sagte ich.
»Das sagen alle«, sagte Manfred.
»Wir haben nichts miteinander«, versicherte ich.
»Na, warum kannst du dich dann nicht uns Männern anschließen?«
Ich sagte, dass ich immer noch auf das Auto wartete und die schwache Hoffnung hegte, dass die Amerikaner es samt Saarelainens Büchern zurückbrächten. Deshalb wagte ich es nicht, Manfreds Wohnung abends zu verlassen; wenn die Amerikaner während meiner Abwesenheit kämen, könnten sie das als Erlaubnis auffassen, das Auto weiterhin nach Belieben zu benutzen.
»War es denn klug, das Auto einfach so an wildfremde Leute zu verleihen?«, fragte Manfred.
»Ich habe das Auto nicht verliehen.«
»Wer dann?«

»Das war die Schwester deiner Frau«, sagte ich.
»Ich bin nicht ihr Vormund, du fährst doch mit ihr durch Europa, so ein alter Mann«, sagte Manfred.
Wir gingen zurück ins Wohnzimmer und tranken noch ein Bier. Manfred sagte jetzt, dass sie mich nicht allein lassen dürften, allein mit den Frauen zu Hause, weil die Amerikaner inzwischen mein Auto bringen könnten. Sie alle müssten darauf achten, dass die Amerikaner mir nicht wieder die Bücher und das Auto wegnähmen und dass sie mir eine anständige Entschädigung für die verlorene Arbeitszeit und für das Leihen der Sachen zahlten. Die Rönkkös verlangten, dass das alles ihnen auch auf Finnisch gesagt werde, und Eija übersetzte es ihnen. Sie versprachen, meine Partei zu ergreifen, wenn es zur Auseinandersetzung käme. Ich könne ihnen vertrauen, sie seien mit allen Wassern gewaschen.
Wir warteten den ganzen Abend, aber das Auto kam nicht. Gegen Mitternacht brachen die Rönkkös auf, ließen mich aber schwören, dass ich am Vormittag zu ihnen ins Hotel käme.
»Wegen des Autos solltest du dir keine Sorgen machen. Das beschaffen wir dir wieder«, versprach Mauri Rönkkö.
»Und wenn wir deswegen das ganze Land auf den Kopf stellen müssen«, sagte Rauno Rönkkö.
Ich dankte ihnen, und sie gingen. Manfred wollte zunächst mit ihnen gehen, weil ich vermutet hatte, dass sie zu dieser Tageszeit sowieso nicht in ihr Hotel ge-

hen würden. Dann aber fiel ihm ein, dass er am nächsten Tag früh morgens eine Besprechung hatte, bei der er seinem Vorgesetzten die Kampagne erläutern sollte, die er im Vorfrühling unter dem Landvolk für die neuen Pflanzenschutzmittel starten wollte, die endgültig alles Unkraut vom Busen der deutschen Mutter Erde vertilgen würden, und für die Hormonpräparate, die das Unkraut zu so gewaltigem Wachstum anstacheln würden, dass es innerhalb von zwei Tagen an seinem Größenwahnsinn zugrunde ging. Manfred hielt das für ein Sinnbild unserer Zeit. Er hatte von der Verkaufskampagne eine Serie von Folien und ein halbstündiges Referat vorbereitet, das als Gesprächsgrundlage dienen sollte, und wagte es nicht, mit einer Fahne und zitternden Händen vor seine Vorgesetzten zu treten, weil die Folien glatt waren und in die Kampagne Millionen gesteckt werden sollten. So blieb Manfred zu Hause. Vom Fenster aus sahen wir zu, wie das Taxi herankam, die Rönkkös einstiegen und die roten Rücklichter des Wagens schließlich in der Finsternis der Herbstnacht verschwanden.

»Die Jungs machen sich noch einen schönen Abend«, sagte Manfred.

»Wir haben es doch auch schön«, sagte Eijas Schwester.

»Verdammt noch mal, ich werd diese Muschkoten steckbrieflich suchen lassen«, entfuhr es mir plötzlich in meiner Wut.

Ich bat Eija, sich zu erinnern, wie diese Amerikaner

geheißen hatten: Ich würde morgen telefonieren, und sei es mit dem NATO-Hauptquartier, und würde erzählen, in was für Geschäften deren Männer in Deutschland unterwegs waren, obwohl es in den amtlichen Mitteilungen immer heißt, dass sie in Europa den Weltfrieden sichern. Eija wusste nur noch die Rufnamen, und auch bei denen war sie sich nicht sicher, ob sie mehr waren als reine Kosenamen.

Wir gingen schlafen. Bald ertönten aus dem Nachbarzimmer Geräusche, die mich keinen Schlaf finden ließen: ein Klagen, als gäbe es dort große Not und Pein, und Schreie. Zuerst dachte ich, Manfred schlage wieder seine Frau, aber dann begriff ich, dass sie sich an diesem Abend nicht prügelten. Ich lag noch lange wach, auch als es im Nachbarzimmer schon still geworden war. Ich überlegte, wie es wohl daheim in Finnland gehen mochte; ob dort wohl schon alle schliefen und ob dort überhaupt jemand an mich dachte? Ich überlegte auch, was ich tun sollte, wenn die Amerikaner mein Auto und Saarelainens Bücher nicht wieder zurückbrachten, wie ich Saarelainen das klar machen sollte und welche Entschädigung ich ihm zahlen müsste. Allmählich bekam ich den Eindruck, dass meine Arbeit als Saarelainens Handelsvertreter für mich wirtschaftlich kein sonderlich lohnendes Unternehmen war.

29

Der nächste Tag war ein Freitag. Ich merkte das daran, dass Manfred, als er zur Arbeit ging, sagte, dass wir uns selbst überlegen sollten, was man am Wochenende unternehmen könnte, weil heute für seine Arbeit ein wichtiger Tag mit dichtem Programm sei und er den ganzen Tag keinen Augenblick Zeit habe, an Freizeit zu denken. Wenn seine Pläne angenommen würden, bedeutete das viel Arbeit für den ganzen Winter, allerdings eine, die er selbst planen und realisieren könne und deren Ergebnisse er schon beim Frühjahrsverkauf sehen würde.

»Ich muss vielleicht los und das Auto suchen«, sagte ich.

»Vielleicht bringen die Jungs es ja doch noch wieder«, sagte Eija.

Ich forderte sie auf, die Lehren ihrer transzendentalen Meditation in die Praxis umzusetzen, sich im Lotussitz auf den Wohnzimmerfußboden zu setzen und so lange zu konzentrieren, bis sie auf irgendeinem Weg der geistigen Welt Verbindung zu den Amerikanern bekäme, und ihnen dann zu übermitteln, dass, wenn sie das Auto nicht sofort in Richtung Köln steuerten, sie der Teufel holen werde; vielleicht könne sie auch mithilfe der Levitation zu den Jungs gelangen. Eija sagte, sie habe die Kurse noch nicht besucht, und schuld sei ich: Sie habe mir in schweren Zeit zur Seite stehen wollen.

Am Vormittag wollte ich in die Stadt und zur Bank gehen. Ich nahm den Frauen das Versprechen ab, das Haus zu hüten und den Autoverkehr im Auge zu behalten, der sich auf dem Platz abspielte. Eija sagte, das Thema hänge ihr allmählich zum Halse heraus; als ob eine alte Klapperkiste und ein paar Tausend Bücher die ganze Welt wären. Sie habe Saarelainens Erzählungen gelesen, und die enthielten ihrer Ansicht nach nichts, bei dessen Verlust die künftige Entwicklung der Welt einen nicht wieder gutzumachenden Schaden erleiden würde.

»Kennst du diesen Saarelainen so richtig persönlich?«, fragte mich Eijas Schwester.

»Das ist ein guter Freund von mir. Sonst hätte ich ihm wohl kaum einen solchen Gefallen getan«, sagte ich.

Eijas Schwester erzählte, sie habe von Saarelainen in den Klatschspalten finnischer Frauenzeitschriften gelesen. Außerdem habe Saarelainen in einigen Interviews gesagt, dass er für die Emanzipation der Frauen und die sexuelle Freizügigkeit sei. Eijas Schwester hielt Saarelainen für einen freisinnigen und interessanten Menschen.

»Er bringt mich um, wenn wir die Bücher nicht zurückbekommen«, sagte ich.

Ich fuhr mit dem Bus in die Stadt und ging zur Bank. Ich sah, wie Herr Russ sich sofort erhob, als ich die Bank betrat. Er wartete stehend, bis ich die Strecke von der Tür an der langen Banktheke entlang bis zu seinem Schalter zurückgelegt hatte.

»Für Sie ist keine Geldsendung gekommen«, sagte er, bevor ich noch irgendetwas fragen konnte.
»Irgendwo muss das Geld aber sein«, sagte ich.
»Ich bedaure«, sagte er.
»Bedauern Sie nicht, sondern rufen Sie die Auslandsabteilungen Ihrer Banken an«, sagte ich.
»Das Geld ist nicht hier«, sagte er.
»Wo ist es denn?«
»Vielleicht ist es gar nicht abgeschickt worden«, sagte Herr Russ.
»Natürlich ist es abgeschickt worden. Saarelainen selbst hat mir am Telefon gesagt, dass das Geld abgegangen ist«, sagte ich. Herr Russ forderte mich auf, am Nachmittag wiederzukommen, wenn die Nachmittagspost wieder einmal ausgetragen worden sei.
»Denkst du, ich hab Zeit, hier bis an mein Lebensende herzurennen?«, sagte ich.
»Das kann ich nicht wissen«, sagte Herr Russ und wandte mir den Rücken zu. Ich betrachtete einen Augenblick seinen Rücken und den Teppich aus feinweißen, herabgerieselten Schuppen auf seinen Schultern. Dann verließ ich die Bank und begab mich zum Dom ins Hotel Excelsior, in dem die Rönkkös wohnen sollten.
Beim Portier fragte ich nach den Rönkkös. Er sagte, sie seien oben in ihrem Zimmer, und nannte mir die Zimmernummer. Ich bat ihn, sie anzurufen und mitzuteilen, dass sie Besuch bekämen. Der Portier war nicht bereit, das zu tun, er sagte, die Rönkkös seien

um sieben Uhr früh ins Hotel gekommen und zu dem Zeitpunkt in einer Laune gewesen, dass sie vielleicht keine Gespräche annehmen wollten. Die Rönkkös hätten in der Halle mit so lauter Stimme nach Bier gerufen, dass der Portier fürchtete, der ganze Stadtteil könne wach werden: Sie hätten nicht daran gedacht, dass sie im Zimmer in der Getränkebar wer weiß wie viele Flaschen Bier stehen hatten, und es nicht verstanden, als der Portier es ihnen auf Deutsch erklärte. Der Portier hatte ihnen aus der Küche mehrere Flaschen Bier holen müssen, bevor er sie dazu bewegen konnte, auf ihr Zimmer zu gehen.

Ich ging hinauf. An der Türklinke der Jungs hing ein Zettel, auf dem jegliche Störung streng untersagt wurde. Ich musste lange an die Tür bullern, bevor sie geöffnet wurde. Mauri Rönkkö kam völlig angekleidet öffnen, und mir wurde klar, dass er sich noch gar nicht ausgezogen hatte. Er hatte eine Sonnenbrille auf; die nahm er jetzt ab und betrachtete mich genau und lange.

»Bist du das, Eino?«, fragte er dann.

»Immer noch derselbe«, sagte ich.

»Die Sonne blendet so«, sagte Mauri.

»Hör mal, es gibt auf der ganzen Halbkugel keine Sonne«, sagte ich.

»Wieso scheint sie dann so hell«?, fragte Mauri.

»Vielleicht ist das meine Erscheinung«, sagte ich.

Mauri bat mich hinein. Die Jungs hatten ein großes Appartement, eine Suite mit zwei Zimmern, einem

Wohnzimmer und einem extra Schlafzimmer. Die Tür der Getränkebar hing schief, anscheinend war sie aus den Angeln gegangen, Tisch und Fußboden waren voller leerer Bier und Schnapsflaschen, ein Sessel war umgestürzt, und alles schien voller Kippen und Asche zu sein. Im Zimmer stand ein widerwärtiger Gestank, und ich ging das Fenster öffnen. Mauri setzte sich auf das Sofa und trank die Neige aus einer Bierflasche, damit sie ihn nicht länger in Versuchung führte.

»Was führt dich her?«, fragte er.

»Hat es hier eine Schlägerei gegeben?«, fragte ich.

»Wir haben hier am Morgen ein wenig gerungen und die Meisterschaftskämpfe der Waldkäuze Kuusamo ausgetragen.«

»Und wer hat gesiegt?«

»Weiß ich nicht mehr«, sagte Mauri.

Ich sagte, sie hätten mir das Versprechen abgenommen, am Vormittag vorbeizuschauen, wenn ich in die Stadt und zur Bank ginge. Mauri fragte, ob die Deutschmänner endlich bereit gewesen seien, mir mein Geld auszuhändigen, und als ich erzählte, dass sich das Geld dort anscheinend nirgends finde, versprach er, dass sie am Nachmittag mit mir in die Bank kommen und den Angestellten so zusetzen würden, dass sie mir das Geld sofort und sogar aus der eigenen Tasche zahlten. Sie würden den Beamten schon klar machen, dass ein weiteres Hinhalten nicht infrage käme.

»Bei denen darf man keine Gnade kennen«, sagte Mauri und hielt sich den Kopf.
Wir saßen einen Augenblick stumm da. Irgendwo schlug eine Kirchenuhr, und der Glockenton kam ins Zimmer herein und schien dort lange zu verweilen. Mauri Rönkkö ließ seinen Blick durchs Zimmer schweifen, als wolle er sich auf den Ton stürzen. Er bat mich, das Fenster zu schließen, ehe von dort irgendetwas ins Zimmer drang, das er nicht mehr ertragen könnte und das sein schlechteres Ich endgültig entfesseln würde.

30

Aus dem Schlafzimmer drang lautes Schnarchen herüber. Ich schloss das Fenster und sagte, dass ich nicht allzu lange darauf warten könne, dass Pertsa und Rauno erwachten.
»Geh sie wecken«, sagte Mauri.
Er holte sich aus der Getränkebar ein Bier, untersuchte die Tür und die Scharniere, bekam sie aber nicht in Ordnung und ließ die Tür so schief hängen, wie sie war. Er fragte, ob ich ein Bier wolle, und als ich nickte, holte er auch mir eine Flasche und öffnete sie. Ich ging mit der Bierflasche in der Hand ins Schlafzimmer. Beide Rönkkös lagen dort in dem breiten Doppelbett

vollständig angekleidet. Ich weckte sie und bot ihnen gleich von dem Bier in meiner Flasche an.

»Mensch, Eino, immer zur rechten Zeit am rechten Ort«, sagten sie, als sie allmählich erwachten und einen Schluck Bier in den Leib bekamen.

»Es ist Morgen«, sagte ich.

»Es wird Tag, es wird Nacht«, sagte Pertsa Rönkkö listig.

»Na, habt ihr in Sünde geschwelgt?«, fragte ich.

»Das kann ich dir nicht sagen«, sagte Rauno Rönkkö. Sie standen jetzt beide vom Bett auf, und wir gingen ins Wohnzimmer hinüber. Die Jungs baten mich, anzurufen und ihnen das Frühstück aufs Zimmer zu bestellen. Während sie darauf warteten, tranken sie ein Bier. Zum Frühstück bekamen sie gekochte Eier, Schwarzbrot, gebratene Schinkenstreifen und einen Schnaps.

»Allmählich lernen sie es«, sagte Mauri zu dem Mädchen, das das Tablett mit dem Frühstück gebracht hatte, gab ihr aus der Tasche seines Pullovers einen zerknitterten Hundertmarkschein und wies mit einer Handbewegung das Wechselgeld zurück, das das Mädchen aus seinem kleinen Portemonnaie heraussuchen wollte. Die Jungs aßen, und ich sah ihnen dabei zu.

»Dann lass uns mal in die Sauna gehen«, sagten sie nach dem Frühstück.

»Wohin?«

»Auch hier gibt es eine Sauna.«

Wir fuhren mit dem Fahrstuhl ins Erdgeschoss, wo tatsächlich eine Sauna war. Um diese Tageszeit war in der Sauna keine Menschenseele, aber sie war geheizt, und wir setzten uns auf die Schwitzbänke und machten Aufgüsse auf den wenigen Steinen des Ofens. Die Luft in der Sauna war trocken und heiß und wurde von den Aufgüssen kaum feuchter. Rauno ging sich den Ofen ansehen, nahm zwei Steine in die Hand und warf sie in die Luft. Ich befahl ihm, wieder auf die Schwitzbank zu kommen.

Als wir eine Weile gesessen und auf den Hitzeschwall gewartet hatten, betrat ein nacktes Mädchen die Sauna und legte sich der Länge lang auf die unterste Schwitzbank. Wir betrachteten es alle vier.

»Seht ihr dasselbe wie ich?«, fragte ich.

»Das ist hier so Sitte, die laufen hier jeden Tag rum«, sagte Rauno Rönkkö.

»Ist sie ganz nackt?«, fragte ich.

»Sind deine Augen hinüber oder dein Gedächtnis?«, fragte Pertsa.

Er schüttete zwei Kellen Wasser auf den Ofen, aber davon veränderte sich die Luft in der Sauna so gut wie gar nicht, und so goss Pertsa gleich darauf noch eine dritte Kelle voll auf. Das Wasser war noch nicht auf dem Ofen angelangt, als die Frau sich schon senkrecht aufsetzte.

»Man darf hier keinen Aufguss machen!«, sagte sie mit zorniger Stimme.

»Was sagt sie, was will sie?«, fragten die Rönkkös.

»Hier darf man keinen Aufguss machen«, sagte ich.
»In der Sauna wird man doch wohl einen Aufguss machen dürfen«, sagten die Rönkkös.
»So sollte man meinen«, sagte auch ich.
Wir saßen einen Augenblick und betrachteten die Frau. Sie hatte sich wieder auf die untere Schwitzbank gelegt, das Handtuch über das Gesicht gebreitet und rührte sich nicht. Wir betrachteten sie eingehend. Mauri Rönkkö erhob seine Hand, ballte sie zur Faust, ließ sie wieder herabsinken. Das machte er mehrere Male. Als Pertsa noch einmal einen Aufguss machte, erhob sich die Frau und verließ wortlos die Sauna. Wir sahen einander an.
»Jetzt hast du das Mädchen vertrieben«, sagte ich.
»Wir haben es lange genug gesehen«, sagte Pertsa.
Gleich daraufkam das Mädchen jedoch zurück und brachte die Saunaaufsicht mit, die uns unwirsch erklärte, dass man nach den Regeln Aufgüsse nur einmal in fünf Minuten machen dürfe. Ich fragte, wo solche Regeln gemacht worden seien, und wo man sie einsehen könne? Die Saunaaufsicht zeigte mir ein Schild an der Wand, auf dem die Regeln geschrieben standen.
»Das sind falsche Regeln. So sauniert man nicht«, sagte ich.
»So wird in dieser Sauna sauniert«, sagte die Aufsicht.
»Was meckert die da?«, fragten die Rönkkös. Ich erzählte ihnen, was an der Wand stand und was die Saunaaufsicht gesagt hatte.
»Wir werden wohl wissen, wie man sich in der Sauna

verhält. Wir sind aus Finnland. Suomi«, sagte Rauno zu der Aufsicht. Die erwiderte nichts.

»Wir haben die Sauna sogar erfunden«, sagte Pertsa.

Ich übersetzte der Aufsicht, was die Jungs gesagt hatten, aber sie entgegnete, dass wir die Sauna verlassen müssten, wenn wir uns darin nicht wie anständige Leute benehmen könnten. Als ich das den Rönkkös übersetzte, begann Mauri zu brüllen, dass es die Deutschen seien, die sich in der Sauna nicht anständig benehmen könnten, denn ihre Frauen drängelten sich ungebeten nackt mit uns auf dieselben Bänke. Der Aufsicht gefielen diese Reden nicht, und sie befahl uns, die Sauna sofort zu verlassen.

So gingen wir vom Schwitzraum in die Dusche und ins Schwimmbad. Die Saunaaufsicht sah zu, wie wir schwammen, sagte aber nichts. Nach einer Weile ging sie fort und ließ uns allein. Wir setzten uns auf den Rand des Schwimmbeckens, und die Rönkkös sprachen abfällig über die Saunasitten der Deutschen und über den Körperbau ihrer Frauen.

»Jetzt pinkeln wir denen in ihr Schwimmbecken, dann wissen sie, mit wem sie sich angelegt haben«, sagte Mauri. Er sprang ins Wasser und schwamm in die Mitte des Beckens. Plötzlich begann sich das Wasser um ihn herum dunkelrot zu färben.

»Was lässt du denn da ab«, riefen Rauno und Pertsa Mauri zu.

»Die Hunde haben irgendeine Chemikalie ins Wasser getan«, sagte Mauri.

Er schwamm an den Rand und kam herausgeklettert. Dunkelrotes Wasser tropfte von ihm ab, es war wie Blut. Wir gingen in die Dusche und in den Umkleideraum. Rasch trockneten wir uns ab, zogen uns an und verschwanden aus den Saunaräumen. Die Aufsicht saß in ihrem Kabäuschen neben der Tür, als wir hinausgingen. Sie nickte uns zu. Ich hatte mich so schlecht abgetrocknet, dass ich das Gefühl hatte, unter meinen Kleidern ganz nass zu sein. Bald waren auch meine Kleider nass, und während wir hinauffuhren, sah ich im Spiegel des Fahrstuhls, dass mir das Wasser aus dem Haar über das Gesicht und von dort auf meine Sachen lief und mich noch einmal nass machte.

Im Zimmer der Rönkkös trockneten wir uns mit den Handtüchern ab, die dort hingen, zogen uns wieder an und verließen das Hotel. Es war sehr kalt, und ich fürchtete, mich nach der Sauna zu erkälten. Die Rönkkös sagten, sie wüssten ein gutes Mittel gegen Erkältung. Sie könnten zur Vorbeugung auch ein paar Glas davon trinken, aber ich sagte, wir würden jetzt nicht ins Restaurant gehen, weil sie von dieser Arznei in den letzten Tagen schon genug bekommen hatten.

Ich führte die Rönkkös in eine deutsche Konditorei, und dort tranken wir Tee. Ich spendierte den Jungs Windbeutel mit Schlagsahne, aber sie waren nicht bereit, die Windbeutel zu essen. Auch der Tee schmeckte ihnen nicht sonderlich, und sie äußerten die Befürchtung, sie könnten sich in mir als Mensch geirrt haben und unsere Freundschaft würde vielleicht doch nicht von langer Dauer sein.

31

Am Nachmittag gingen wir zur Bank. Draußen war es immer noch kalt und feucht, und man hatte das Gefühl, es könne jeden Moment anfangen zu regnen. Die Rönkkös wollten jedoch ihre Sonnenbrillen nicht abnehmen. Sie behaupteten, in der Bank würde man meine Fragen ernster nehmen, wenn ich eine Leibwache wie sie bei mir hätte.

In der Bank gingen wir sofort zum Schalter von Herrn Russ. Dort saß niemand. Ich fragte die Frau am Nachbarschalter, wo Herr Russ sei. Sie erzählte, Herr Russ sei mittags plötzlich erkrankt und nach Hause gegangen. Er sei am Montag wieder da.

»Na, das passt ja wie die Faust aufs Auge«, sagte Pertsa Rönkkö, als ich die Worte der Frau übersetzt hatte. »Die hat sich dein Geld ins Mieder gesteckt.«

Ich fragte, ob denn niemand sonst in der ganzen Bank wisse, wo mein Geld sein könnte; es sei schon vor vielen Tagen per Eilanweisung aus Finnland abgeschickt worden. Die Frau sagte, mein Geld sei da, ich würde es von ihr bekommen, Herr Russ habe ihr die Zahlungsanweisung aus Finnland gegeben, bevor er gegangen war. Sie bat, meinen Pass sehen zu dürfen. Ich gab ihn ihr, und sie betrachtete lange mein Passbild; dann gab sie mir den Pass zurück und dazu die Zahlungsanweisung.

»Wenn Sie da noch unterschreiben wollen«, sagte die Frau und zeigte mit dem Finger auf eine leere Zeile.

Ich sah mir die Quittung an, sie trug den Eingangsstempel des Vortages.

»Warum hat man mir das nicht schon gestern gegeben?«, fragte ich die Frau.

»Das weiß ich nicht«, sagte sie.

»Ich bin schon x-mal hier gewesen«, sagte ich.

»Unterschreiben Sie?«, fragte die Frau.

»Ich wünsche eine Klärung dieser Sache«, sagte ich.

»Herr Russ ist Montag wieder da«, sagte die Frau.

Ich setzte meinen Namen auf das Papier, die Frau zählte dreihundert D-Mark ab und reichte sie mir durch den Schalter. Ich drehte die Scheine hin und her und bekam von der Frau auch noch die Quittung. Ich prüfte den Betrag darauf und stellte fest, dass Saarelainen wirklich genau diesen Betrag geschickt hatte.

»Da hast du ja eine Menge Geld bekommen«, sagte Mauri Rönkkö. »Dieser Saarelainen hat überhaupt keinen Sinn für Realitäten«, sagte ich.

Wir traten auf die Straße hinaus. Die Rönkkös fragten, ob ich ihnen nun, wo ich wieder zu Geld gekommen war, ein Bier spendieren würde oder ob wir irgendwo hingingen, ein Eiswasser trinken? Sie beschlossen, mich einzuladen, wir würden dreihundert deutsche Mark in Bier anlegen, wenn wir in Schwung kamen. Wir setzten uns in eine Bierstube und leerten unsere Humpen. Von dort rief ich Eijas Schwester an und fragte, ob das Auto und die Bücher aufgetaucht seien. Eija war am Telefon und sagte, die Amerikaner hätten überhaupt nichts von sich hören lassen.

»Da hast du mir was Schönes eingebrockt, Mädel«, sagte ich.

»Verzeih mir, Eino«, sagte Eija. Ich hörte an ihrer Stimme, dass sie einen Kloß im Halse hatte.

»Wer ersetzt jetzt Saarelainen das Auto und die Bücher?«

»Ich wusste doch nicht, dass das solche Ganoven sind«, sagte Eija und begann zu weinen. Ich bekam einen Schreck und sagte, dass wir uns wegen einer alten Klapperkiste und schwer verkäuflichen Büchern nicht aufregen sollten, die Hauptsache sei, dass wir alle leben und gesund sind. Mit diesen amerikanischen Gangstern hätte es uns noch viel schlimmer ergehen können.

»Ich hab gedacht, das sind ganz prima Jungs«, sagte Eija.

»In welcher Hinsicht?«, brauste ich wieder auf.

»Die waren ... fair«, sagte Eija.

Ich kündigte an, dass wir alle bald zu ihnen kämen, falls die Rönkkös mitkommen könnten; wir müssten jetzt gemeinsam planen, wie das Auto und die Bücher wieder zu beschaffen seien, und dabei könnten die

Rönkkös behilflich sein, denn sie seien Männer der Tat und gewohnt zuzupacken. Eija versprach, für uns alle zu kochen, wir würden gegen fünf essen, wenn Manfred von der Arbeit kam. Ich sagte, dass wir dann zur Stelle sein würden.

»Seht zu, dass ihr dann noch halbwegs bei Verstand seid«, sagte Eija.

»Wer hat denn hier alles versaubeutelt?«, fragte ich.

Ich legte auf und setzte mich wieder an den Tisch. Mauri Rönkkö begann wieder auf seine Weise Bier zu bestellen, rief jedes Mal Fräulein, wenn er ein Bier wollte, obwohl es auch in dieser Kneipe nur männliche Bedienung gab. Ich hatte keine Lust, ihm zu erklären, wie man nach dem Kellner rief, und war auch selbst nicht mehr sicher, was man da sagte.

Jetzt machten wir uns daran zu überlegen, wie wir das Auto und die Bücher wieder finden könnten. Pertsa Rönkkö schlug vor, wir sollten einfach alle amerikanischen Garnisonen in Deutschland abklappern und verlangen, dass die Rekruten sich draußen in einer Reihe aufstellten, und dann sollten Eija und ich die beiden Amerikaner identifizieren.

»Solch eine Parade werden die nicht zulassen, sagte ich.

»Das müssten sie aber«, sagte Pertsa.

Das mochte ich nicht so recht glauben. Die anderen Rönkkös meinten, es wäre das Gescheiteste, nach Stuttgart zu fahren und dort so lange am Kasernentor zu lauern, bis die Amerikaner das Militärgelände verließen. Wenn sie herauskämen, würden wir uns auf sie stürzen und sie zwingen, ihre Tat zu gestehen und ihren durch kriminelle Machenschaften erzielten Gewinn an uns abzutreten.

»Jetzt darf man die nicht mehr mit Samthandschuhen anfassen, Eino«, meinten die Jungs.

Ich sagte, Deutschland sei immer noch ein besetztes Land, und ich würde die lokale Gesetzgebung nicht so gut kennen, als dass ich sagen könnte, was für Privilegien die amerikanischen Soldaten in Deutschland genießen; vielleicht durften sie ja den Leuten die Autos wegnehmen, wenn sie sie brauchten, und damit nach Belieben herumfahren. Außerdem war ich mir nicht sicher, in welchen Angelegenheiten die Männer unterwegs waren. Es konnte sein, dass sie zur CIA gehörten und sich nur für gewöhnliche G.I.s ausgaben. An CIA-Leute kämen wir nicht heran, und vielleicht waren sie ja darin ausgebildet, Leute mit bloßen Händen umzubringen. Dann hätte es keinen Sinn, dass wir über sie herfielen, und wenn die Rönkkös zehnmal Meister im Ringen bei den Waldkäuzen Kuusamo seien.

Das ließen die Rönkkös sich durch den Kopf gehen. In ihren Unterkünften im Wald hatten sie viele gute Geschichten von Geheimagenten gelesen und kannten sich in deren Leben aus. Sie hielten es absolut nicht für ausgeschlossen, dass die Männer zur CIA gehörten.

»Dein Auto kannst du in den Wind schreiben«, sagten sie. Als es auf fünf zu ging, nahmen wir ein Taxi und fuhren zur Wohnung von Eijas Schwester. Manfred war schon zu Hause, und die Rönkkös klopften ihm auf den Rücken und sagten, dass er eine Menge versäumt habe, als er am Abend nicht mit ihnen in die Mädchenstraße von Köln gegangen war.

»Übersetz ihm das, übersetz ihm das«, verlangten sie immer wieder von mir.
»Was sagen sie?«, erkundigte sich Manfred.
»Sie haben sich gestern gut amüsiert«, sagte ich.
»Wir sind einen Haufen Geld losgeworden, aber dafür haben wir Erfahrungen gesammelt«, sagte Mauri Rönkkö.
»Man kann nie wissen, welche Kenntnisse einem im Leben noch mal zugute kommen«, sagte Pertsa Rönkkö. Er bat mich, Manfred auch das zu übersetzen. Ich übersetzte.
Das Essen kam auf den Tisch, und wir aßen. Manfred schlug vor, nach Stuttgart zu fahren und mein Auto dort zu suchen.
»Und wenn sie inzwischen hierher kommen?«, fragte ich.
»Die kommen nicht«, sagte Manfred.
Er vermutete, die Amerikaner hätten mein Auto schon verkauft oder es einfach auf irgendeinem Parkplatz stehen lassen. In ihrem Job war es nicht gut, lange Zeit denselben Wagen zu fahren. Ein Auto mit finnischem Nummernschild und Nationalitätszeichen würde in einer amerikanischen Garnison bald Auf-

merksamkeit erregen, und die Vorstellungen der amerikanischen Offiziere vom Charakter der finnischen Sicherheitspolitik und den Beziehungen zwischen Finnen und Russen kannte man ja; die meisten von ihnen hielten Finnland für ein verlorenes Land. Deshalb könnten wir in Stuttgart durch die Stadt streifen, auf den Parkplätzen Ausschau nach dem Auto halten und es in den Gebrauchtwagenhandlungen suchen.

»Und hier können wir ja eine Wache zurücklassen«, meinte Manfred.

Die Rönkkös sagten, auch sie könnten als Wache zurückbleiben, ihnen würden die Amerikaner nicht mehr entwischen, selbst wenn sie als persönliche Bewaffnung Interkontinentalraketen mit Atomsprengköpfen hätten. Alle Rönkkös zeigten ihre Fäuste, die sich sehen lassen konnten.

»Kann man euch denn hier zu dritt allein lassen?«, fragte Eijas Schwester.

»Wir sind schon völlig stubenrein«, sagte Pertsa Rönkkö.

»Und holen uns unser eigenes Bier«, sagte Rauno Rönkkö.

Die Rönkkös erklärten, wie sie ihr Hauptquartier im Wohnzimmer von Eijas Schwester und Manfred aufschlagen würden. Dort würde immer jemand Dienst tun, die anderen könnten in der Stadt herumlaufen und Proviant und andere notwendige Dinge besorgen. Mindestens einer würde jedoch immer Dienst tun, sodass die Amerikaner auf keinen Fall entwischen könnten.

Ich beschrieb ihnen, wie Saarelainens Transporter aussah, die Farbe und das Modell, und versuchte, mich an die Autonummer zu erinnern. Die Jungs versprachen, jeden Transporter mit finnischem Nummernschild anzuhalten, der ihnen in Köln in den Weg käme. Sie verstünden zwar keine ausländische Sprache, seien aber doch in der Lage, ein Nummernschild zu lesen. Wir könnten ihnen vertrauen. Manfred sagte, dass es in den Beziehungen zwischen Finnen und Deutschen irgendwann einmal auch schlechte Zeiten gegeben habe, aber vielleicht könne er diesmal den Rönkkös so viel Vertrauen schenken, dass er ihnen sein Wohnzimmer überließ. Er sagte, er wolle sich das noch einmal überlegen.

»Wer hat denn unsere Häuser niedergebrannt? Die Deutschen doch«, sagte Pertsa.

»Ihr habt uns zuerst angegriffen«, sagte Manfred.

»Wir waren damals noch gar nicht geboren«, sagte Mauri.

»Du hast sogar eine Frau aus Finnland«, sagte Rauno.

Ich dolmetschte zwischen ihnen. Ich betrachtete es auch als ein großes Opfer von finnischer Seite, dass man so viele Mädchen im besten Alter ohne jegliche Ausfuhrbeschränkung hierher zu allen möglichen Manfreds als Ehefrauen hatte fahren lassen und auch weiterhin ließ. Ich sagte, die weibliche Schönheit sei in Finnland eine sich rasch erneuernde natürliche Res-

source, aber dafür gebe es auch in Finnland Verwendung. Dem widersprach Manfred nicht.
Ich saß am Fenster, starrte auf den Platz hinaus und hoffte, die Amerikaner würden meinen Wagen wiederbringen. Die Rönkkös erzählten Eija und ihrer Schwester, wie sie Anfang der siebziger Jahre in Schweden bei umfangreichen Waldarbeiten zusammen mit Assar Rönnlund, Schwedens damals berühmtestem Spitzenskiläufer, Holz gefällt hatten. Sie fanden, dass Assar ein netter Mann war. Eija und ihre Schwester hatten ihn als einen sympathischen Sportler und Menschen in Erinnerung.

32

Am Abend äußerte Manfred sich jedoch in dem Sinne, dass er es doch nicht wagen würde, die drei Rönkkös in seiner Wohnung allein zu lassen; die Nachbarn könnten sich darüber beschweren und auch der Hausmeister, der ein kleinlicher Mann war und Manfreds Tun und Lassen zu belauern pflegte. Er würde es ihm bis an sein Lebensende vorhalten, wenn die Rönkkös auch nur die geringste Störung verursachten; und die Rönkkös würden vielleicht mitten in der Nacht laut Platten abspielen, herumschreien oder irgendwelche Frauen in die Wohnung mitbringen, die Manfreds Sa-

chen und Kleidung von Eijas Schwester stehlen könnten. Sie wohnten in einer anständigen und ruhigen Vorstadtsiedlung, wo man solche Sitten und Gebräuche wie im Barackenlager der Waldarbeiter und in den Mädchenstraßen nicht gewohnt war.
»Dann kommen wir mit«, sagte Pertsa.
»Aber irgendjemand muss auch hier bleiben«, sagte ich.
»Wenn ich nun hier bliebe«, sagte Eijas Schwester.
Manfred sagte, dass wir dennoch nicht in sein Auto passten, er, ich, Eija und die drei Rönkkös, weil sein Wagen nur für fünf Personen zugelassen sei.
»Dann lassen wir einen Rönkkö für deine Frau als Hilfe da«, sagte ich. Die Rönkkös begannen sogleich, mit einem Markstück auszulosen, wer von ihnen als Diensthabender bei Eijas Schwester bleiben durfte, aber Manfred sagte, so etwas käme überhaupt nicht in Frage, er lasse keinen fremden Mann bei seiner Frau wohnen, während er selbst abwesend sein musste. Das gebe im Hause nur unnötiges Gerede, vielleicht sogar noch Schlimmeres, als wenn die Rönkkös dort allein herumtobten. Mauri, der beim Losen gewonnen hatte, packte Manfred am Arm und drückte ihn heftig.
»Was denkst du eigentlich von mir?«, fragte er. Manfred forderte ihn auf, seinen Arm loszulassen, und als Mauri ihn losgelassen hatte, krempelte Manfred den Ärmel des Hemdes hoch und untersuchte seinen Arm.
»Ich werd doch wohl nicht die Frau meines Freundes

verführen«, sagte Mauri und lachte. Darauf entgegnete Manfred nichts, obwohl ich übersetzte, was Manfred gesagt hatte. Ich fragte, ob nicht Eija mit ihrer Schwester in Köln bleiben könnte. Ich würde die Amerikaner schon erkennen, wenn ich sie wiedersähe, denn wenn ich ihnen auch nur einmal begegnet sei, so hätte ich doch ein erstaunlich gutes Gedächtnis für Gesichter, wie ein Elefant, der sich auch noch nach vierzig Jahren an einen Menschen erinnert, der ihm etwas Böses getan hat.

So einigten wir uns. Manfred, die Rönkkös und ich würden in der Frühe nach Stuttgart fahren und versuchen, dort das Auto zu finden. Falls es sich nicht finden sollte oder wir nichts darüber in Erfahrung brächten, würden wir in Stuttgart zur Polizei gehen und die Suche ihr überlassen. Wir wussten uns keinen anderen Rat. Ich musste Anfang der Woche in Frankfurt am Main sein und dort Saarelainen treffen; ich sagte, ich wüsste nicht, wie ich ihm ohne Auto und ohne Bücher unter die Augen treten sollte. Die Rönkkös sagten, sie würden auch gern mit nach Frankfurt kommen und mir helfen, Saarelainen die Sache zu erklären, aber sie müssten Anfang der Woche im Norden sein; die Waldarbeiten begännen, und sie hätten von dem Arbeitgeber auf diese Arbeiten einen großzügigen Vorschuss bekommen. Sie seien seit vielen Jahren für ihn tätig, und er vertraue ihnen, aber sein Vertrauen würde dahinschwinden, wenn sie nicht zum ausgemachten Termin am Baum erschienen. Ich sagte, dass ich den Standpunkt der Rönkkös gut verstünde.

»Wir vertrauen ihm, und er vertraut uns«, versicherte Mauri.

Abends versuchten die Rönkkös wieder, Manfred mit in die Stadt zu locken, aber Manfred ging nicht. Er fürchtete, angesichts der anderntags bevorstehenden Autofahrt von etlichen hundert Kilometern in der Gesellschaft der Rönkkös zu viel trinken und zu lange aufbleiben zu müssen. Diese Tour wollte er nicht mit einem Kater fahren.

Manfred riet auch den Rönkkös, früh schlafen zu gehen, wir kämen sie sehr früh im Hotel abholen, schon gegen sieben Uhr morgens. Die Rönkkös fuhren mit dem Taxi fort und versprachen, uns ab sieben Uhr in der Hotelhalle zu erwarten.

Nachdem die Rönkkös gegangen waren, saßen wir noch lange beisammen. Manfred erzählte, wie er am Tage seinen Vorgesetzten die Kampagne für die Hormonspritzmittel erläutert hatte, das Marketingkonzept, das sofort realisiert und den ganzen Winter über verfolgt werden sollte. Es ging darum, die Bestellungen in diesem Jahr so rechtzeitig hereinzubekommen, dass die Produktion genau geplant werden konnte und die Sache nicht so wie gewöhnlich verlief, wobei irgendwelche Mengen eingelagert wurden, im Frühjahr nächtelang und an allen Wochenenden Überstunden geleistet und dann die Männer für den Rest des Sommers beurlaubt werden mussten; wenn die Fabriken auch in den Entwicklungsländern produzierten und den Arbeitern nicht viel Lohn gezahlt zu werden brauchte, so waren die Überstunden doch auch dort teurer als die normale Arbeit, und wenn die Fabrik stillstand, brachte das dort investierte Kapital keinen Pfennig Ertrag.

Die Amerikaner hatten im Frühjahr den Direktor ihres deutschen Konzerns ausgewechselt, und der neue Direktor hatte beschlossen, bei der Arbeit moderne Methoden anzuwenden: Unternehmensberater hatten alle Aktivitäten, die Organisation, die Tätigkeit und die Produktion neu geplant. Sie hatten alle Erzeugnisse aus der Fertigung genommen, die nicht so schnell umgesetzt wurden, wie es die Ertragsanforderungen des Kapitals voraussetzten, sowie auch die Kunden, die nicht die Mühe einer Kontaktaufnahme wert waren. Man hatte auch die Zeiteinteilung der Mitarbeiter unter die Lupe genommen, und die Berichte der Kostenkontrolle hatten die Leute auf Trab gebracht.

Ich erzählte, dass vor einigen Jahren auch bei uns solche Aktionen durchgeführt worden waren und wie die finnischen Arbeitnehmer darauf reagiert hatten.

»Hier ist man daran gewöhnt, dass die Anordnungen immer von oben kommen. Das ist sicherer so«, sagte Manfred.

Eija begann von den Auswirkungen der Hormonpräparate auf die Natur und die Gesundheit der Men-

schen zu sprechen, davon, wie infolge der Umweltgifte Krebs und viele seltsame und früher unbekannte Krankheiten und Allergien und alle möglichen Erscheinungen um sich griffen, von denen man noch gar nichts Genaues wusste.
»Ohne Pflanzenschutzmittel würde die Hälfte der Weltbevölkerung hungern«, behauptete Manfred.
»Sie hungern ja auch so«, sagte Eija.
»Nein, aber die andere Hälfte«, sagte Manfred.
Er erzählte, dass die Umweltschützer in Deutschland in jeder Weise versuchten, die Industrie und deren Tätigkeit zu behindern, die schließlich die Grundlage des Wohlstandes bildeten, bei ihnen ebenso wie auch in Finnland und im gesamten Bereich der westlichen Kultur. Die Umweltschützer organisierten Demonstrationen, kletterten auf die Schornsteine der Wärmekraftwerke, um dort ihre Spruchbänder zu entrollen, und störten auch die Arbeit des Parlaments.
»Die sollten arbeiten gehen, oder sonst ... eine Kugel in den Kopf kriegen«, sagte Manfred.
Eija hatte große Lust, mit ihm zu streiten, aber ihre Schwester sagte auf Finnisch, Manfred sei nicht in der Verfassung, dass ihn ein vernünftiges Argument beeindrucken könnte. Seine Ansichten zu Umweltfragen seien auch sonst ein wenig konservativ. Manfred verlangte, das solle übersetzt werden, aber dazu hatte niemand Lust. Wir gingen schlafen. Vom vielen Biertrinken fühlte ich mich bleischwer und schlief nicht gut. In der Nacht wachte ich mehrmals auf und

dachte nach. Morgens kam es mir zunächst so vor, als hätte ich die ganze Nacht überhaupt nicht geschlafen.

33

Die Rönkkös saßen in der Halle des Hotels Excelsior, als wir dorthin kamen. Ich fragte, ob sie ihr Zimmer schon bezahlt hätten, sie sagten, das hätten sie getan, und zeigten mir die Rechnung.

»Das Pinkeln im Schwimmbecken hat fünfhundert Mark gekostet«, sagte Mauri.

Sie erzählten, dass sie im Verlauf dieser Tage auch die Getränkebar der Suite geleert hätten, und die sei nicht ganz klein gewesen. Es habe dort auch noch andere Getränke als nur kleine Flaschen Gin gegeben. Bis hin zum Sekt hätten sie sich alles durch die Kehle laufen lassen, und das mussten sie nun ebenso wie die Türscharniere bezahlen.

»Wo ist euer Gepäck?«, fragte Manfred. Ich übersetzte es.

»Welches Gepäck?«, fragte Rauno.

Damit verließen wir das Hotel und gingen zu Manfreds Wagen. Die Rönkkös quetschten sich alle drei auf die hintere Bank, aber sie hatten es dort so eng, dass ich mich nach hinten setzte. Mauri ging nach

vorn, er war von den Rönkkös der Breiteste. Als ich zwischen den Rönkkös saß, fühlte ich mich in Sicherheit und hatte vor nichts mehr Angst.
Manfred fuhr aus der Stadt hinaus und die Autobahn entlang in Richtung Bonn. Die Rönkkös schliefen alle drei zur gleichen Zeit ein, und ihr Schnarchen schien den Wagen mit einem greifbaren Stoff zu erfüllen, der einem das Atmen schwer machte.
»Ob das nun die richtige Entscheidung war, die mitzunehmen«, überlegte Manfred.
»Die können uns schon noch von Nutzen sein«, sagte ich.
Wir fuhren lange durch sanft gewellte und einschläfernde Landschaften. Es nieselte. Die fernen, waldbedeckten Hügel lagen irgendwo hinter einem weißen Schleier, den der Wind hin und wieder zerriss, sodass wir die runden Gipfel der Berge sehen konnten.
An den Südhängen bei den Dörfern gab es Weingärten, aber die waren jetzt schwarz und die Reben darin beschnitten. Manfred erzählte, wie schwer sein Leben mit der finnischen Frau gewesen sei. Seiner Ansicht nach eigneten sich die skandinavischen Frauen schlecht als Ehefrauen deutscher Männer, weil sie etwas Starres und Unbewegliches im Blut hätten. Er sei Rheinländer und liebe fröhliche und zu Späßen aufgelegte Menschen, die nicht lange nachtragend waren, auch wenn man sie mal irgendwie gekränkt hatte. Die skandinavischen Frauen seien wohl schön, und es mache Spaß, sie Bekannten und Verwandten vorzuzeigen, be-

sonders wenn man noch jung war, aber das genüge ihnen nicht, sondern sie redeten pausenlos von Gleichberechtigung, von der Freiheit der Frau, sie selbst zu sein, und von dem Recht, über ihr Leben selbst zu bestimmen: zum Geld und allem, was man dafür bekommt, sagten sie nicht Nein, aber sie achteten den nicht genügend, der das Geld verdiente.
Ich konnte ihm keinen Rat geben. Ich sagte, ich sei seit zwanzig Jahren mit einer finnischen Frau verheiratet, aber ich hätte keine Eheerfahrung mit einer Frau aus einem anderen Land. Manfred erzählte, er habe Erfahrungen mit Frauen aus allen Ländern und von allen Rassen. Die besten Stunden habe er in Thailand verlebt, wo er sich die asiatischen Werke seines Konzerns angesehen habe: Dort nutze man die billigen Arbeitskräfte der Entwicklungsländer und deren vernünftige Arbeitsschutzgesetzgebung für die Herstellung der Hormongifte. Er sagte, dass es nach den deutschen Arbeitsschutznormen überhaupt nicht möglich wäre, solche Chemikalien herzustellen, wie er sie im Winter für einen guten Preis an die deutschen Bauern verkaufen wolle. Dafür, wie die Bauern diese Gifte dann auf ihre Äcker streuten, interessierte sich hier keine Arbeitsschutzbehörde, und das betrachtete Manfred als einen Beweis für die Blödsinnigkeit der hiesigen Gesetzgebung.
In Thailand hatte Manfred sechs Tage und sechs Nächte verbracht, und jede Nacht hatte er eine andere Frau gehabt, und jede von ihnen war auf ihre Weise

wunderbar und unvergesslich gewesen. In einem Restaurant hatte er eine Darbietung gesehen, bei der eine Frau eine Banane tief zwischen ihre Beine schob und sie dann von dort mindestens zehn Meter hoch in die Luft schoss, und eine andere Frau, die sich den Inhalt einer ganzen Coca-Cola-Flasche in die Scheide goss, dann fünf Minuten tanzte und schließlich den Inhalt der Flasche wieder in diese zurück entleerte.

»So etwas erfordert andere Muskeln als solche, wie eure Frauen sie haben«, sagte Manfred. So schnell wusste ich darauf nichts zu erwidern. Manfred erzählte auch, dass die Frau die von ihr gefüllte Coca-Cola-Flasche einem japanischen Geschäftsmann im Zuschauerraum reichte und dieser sie, ohne mit der Wimper zu zucken, austrank. Der Beifall im Restaurant sei gewaltig gewesen, und die Freunde des Japaners hätten ihn viele Male in die Luft geworfen und ihn lautstark hochleben lassen.

Unterwegs hielten wir an einer Tankstelle. Die Rönkkös schliefen immer noch, und wir ließen sie im Auto und gingen in das Restaurant hinter der Tankstelle essen. Wir holten uns an der Theke Bratwurst und Kartoffelsalat und nahmen jeder eine Flasche Bier. Manfred erzählte, dass er in der Nähe von Stuttgart einen alten Bekannten habe, bei dem wir übernachten könnten, wenn wir unsere Angelegenheiten in Stuttgart erledigt hätten. Er habe seinen Bekannten schon angerufen, und dieser habe gesagt, dass wir willkommen seien.

»Auch die Rönkkös?«, fragte ich.
»Auch die Rönkkös«, sagte Manfred.
In demselben Moment betraten die Rönkkös das Restaurant, als hätten sie geahnt, dass wir von ihnen sprachen. Sie hielten im Speisesaal nach uns Ausschau, entdeckten uns dann und kamen zu uns an den Tisch.
»Teufel, haben wir einen Schreck bekommen, als ihr nirgends zu sehen wart«, sagte Mauri.
»Wir dachten, dass euch jetzt bestimmt etwas passiert ist«, sagte Pertsa.
»Wir wollten schon die ganze Tankstelle umstürzen«, sagte Rauno.
Ich sah sofort aus dem Fenster, aber die Tankstelle stand noch. Auch die Rönkkös holten sich etwas zu essen und Bier. Sie erzählten reihum, was sie im Auto geträumt hatten, jeder Traum war anders gewesen, aber eigenartig und spannend. Ich übersetzte Manfred die Träume. Er erzählte, was er zwei Nächte zuvor in Köln geträumt hatte. Rauno Rönkkö erzählte, was sein Vater kurz vor seinem Tod geträumt hatte. Ich erzählte, was ich geträumt hatte, als die Unternehmensberater in unserer Firma wüteten und ich morgens, wenn ich zur Arbeit ging, nie wusste, was mich am Arbeitsplatz erwartete: Beförderung, Rausschmiss, Versetzung in andere Aufgabenbereiche auf derselben Organisationsebene, ein Büro, das am Morgen voller neuer Kollegen war, oder nur der fröhliche Zuruf des Mädchens aus der Zentrale, wenn ich morgens zur Arbeit kam, aus dem ich entnehmen konnte, dass die

Berater an diesem Tag nicht ins Haus kommen würden.

Manfred fragte die Rönkkös, was für Löhne man bei der Waldarbeit erzielen könne, aber die Rönkkös logen so schamlos, dass ich mich weigerte, ihre Worte zu übersetzen: Sie behaupteten, in Finnland mit drei Mann das gesamte Rohholz geschlagen zu haben, das die großen Fabriken des Nordens, Veitsiluoto, Kemi und Kemijärvi, benötigten, und außerdem hätten sie die gefällten Bäume noch über die unberührte Schneedecke zum Straßenrand geschleppt. Bei diesem Arbeitstempo hätten sie anständige Löhne erzielt. Als wir zum Auto gingen, meinten sie, dass es gut wäre, eine Reiseflasche für die Fahrt zu kaufen, weil die Fahrt mit einer Reiseflasche erst richtig gemütlich würde. Ich wollte sie davon abbringen, aber das war vergeblich: Vor dem Auto zog Rauno Rönkkö eine Flasche Schnaps aus dem Busen und zeigte sie uns.

»Wo kommt denn die her?«, wunderte er sich.

Im Auto nahmen sie hin und wieder einen Schluck. Manfred schätzte, dass wir erst am Nachmittag in Stuttgart sein würden, und vermutete jetzt, dass am Samstag alle Mann aus der Garnison in der Stadt wären. Ich glaubte das nicht, und auch die Rönkkös glaubten es nicht.

34

In Stuttgart suchten wir lange nach der Garnison. Manfred behauptete, noch gut zu wissen, wo sie sich befand. Wir suchten die Innenstadt ab und fuhren auf die Berge außerhalb des Stadtzentrums, aber die Garnison fanden wir nicht. Wir sahen amerikanische Militärautos und fuhren ihnen kilometerweit hinterher, aber keines fuhr in die Garnison, oder wir verloren sie vor einer Verkehrsampel aus den Augen und wunderten uns, wo sie geblieben waren.
Ich bat Manfred, einen Fußgänger nach dem Weg zu fragen, aber das wollte er nicht; er behauptete, den Weg besser zu kennen als jeder Stuttgarter und den typischen Geruch der NATO-Truppen schon von weitem zu spüren.
Schließlich musste er doch fragen, und man zeigte ihm auf der Karte, wo die Garnison lag: weit außerhalb, so als gehörte sie schon zu einer ganz anderen Stadt. Wir waren lange dorthin unterwegs.
Manfred hielt auf dem Parkplatz, und wir nahmen die Garnison, den Wachsoldaten am Tor und den Schlagbaum davor in Augenschein. Manfred meinte, es wäre das Beste, wenn wir vor dem Tor im Auto warteten, während er sich nach meinem Wagen erkundigte. Er ging zum Tor, und wir sahen, wie er mit dem Wachsoldaten sprach, wie dieser vom Wachlokal aus telefonierte, zu Manfred zurückkehrte und dort stehen

blieb, das Sturmgewehr schräg vor der Brust. Die Rönkkös erinnerten sich an ihre eigene Wehrdienstzeit und an die Sten-Sturmgewehre, die damals in der finnischen Armee als Übungswaffen verwendet wurden, von den Amerikanern gekaufte Wegwerfwaffen, mit denen jetzt nicht mehr geschossen werden durfte. Seinerzeit waren sie bei der Landung in der Normandie verwendet worden.

Aus der Garnison kam ein Jeep, und Manfred stieg ein. Wir saßen im Auto. Es hatte wieder angefangen zu regnen, langsamer Nieselregen, und das Wasser lief an den Fenstern und an der Motorhaube herab und hinterließ dort seine Spuren. Bald waren die Fenster von innen beschlagen. Die Rönkkös genehmigten sich jetzt den Rest aus ihrer Reiseflasche, boten auch mir davon an, aber ich sah mir die Flasche an und sagte, dass man diesen Rest nicht mehr unter vier Mann aufteilen könne.

Das akzeptierten die Rönkkös, und sie begannen zu erzählen, wie es in der Mädchenstraße von Köln gewesen war, damit ich wusste, was ich versäumt hatte.

»Habt ihr die richtig bezahlt?«, fragte ich.

»Natürlich«, sagten sie.

»Die Huren?«

»Musst du denn einen so hässlichen Ausdruck gebrauchen?«, fragte Rauno.

»Das waren arme Studentinnen. Wir haben ihnen nur ein kleines Stipendium gegeben«, sagte Mauri.

»Ganz bestimmt.«

»Die waren so arm, dass sie keinen Fetzen am Leib hatten«, sagte Pertsa.
Wir sahen nicht, von wo Manfred kam, plötzlich war er da, öffnete die Autotür und stieg ein, den Regen verfluchend. Er behauptete, dass es im Auto fürchterlich stinke; nach altem Schnaps und nach neuem, nach ungewaschenen Männern und schmierigen Geschichten.
»Was sagen sie vom Auto?«, fragte ich.
»Es ist nicht mehr hier.«
»Wo ist es dann?«
»Das weiß niemand.«
Ich hatte doch gehofft, dass wir das Auto und Saarelainens Bücher finden würden, und verstummte. Pertsa und Rauno Rönkkö klopften mir beide auf die Schultern und versicherten, dass wir mein Auto schon noch finden würden. Ihnen könne man vertrauen. Ich versuchte zu lächeln.
Manfred erzählte, dass ein Transporter mit finnischem Nummernschild wohl hier gewesen sei, ein Eintrag darüber habe sich im Journal des Wachhabenden gefunden, aber die Männer seien nur in der Kantine gewesen, hätten dort einige Stunden gesessen und erzählt, dass sie eine Person erwarteten, die dann doch nicht gekommen sei. Danach seien sie mit ihrem Auto wieder weggefahren. Da die Papiere der Männer, die den Wagen fuhren, alle in Ordnung waren, habe der Diensthabende Offizier sie kommen und gehen lassen. Nach den Papieren waren sie Urlauber aus der

Garnison in Frankfurt am Main, und sie waren gekommen, um einen Freund aus der Studienzeit zu treffen, hatten ihn aber nicht gefunden.

»Die waren doch mit einem gestohlenen Wagen unterwegs«, sagte ich.

»Er war nicht als gestohlen gemeldet«, sagte Manfred.

»Jetzt wird er gemeldet.«

»Die sind bestimmt schon in Frankfurt.«

»Hast du ihre Namen erfahren?«

»Die haben sie mir nicht gegeben. Der Diensthabende Offizier sagte, er dürfe deutschen Zivilisten keine Namen amerikanischer Soldaten geben.«

»Das sind bestimmt Geheimagenten«, sagte Mauri, als ich ihnen Manfreds Erzählung übersetzt hatte.

»Das glaube ich nicht«, sagte ich.

»Mal sehen, ob wir die mit den Fäusten fertig machen können«, sagte Mauri.

»Wir müssen uns Waffen besorgen«, sagte Rauno.

»Redet doch keinen Quatsch«, sagte ich.

Ich fragte, ob wir sofort nach Frankfurt fahren könnten. Manfred fand, dass es keinen Sinn habe, dorthin zu fahren, um im Regen und bei Einbruch der Nacht einen Angriff zu starten. Er vermutete, das Wetter werde sich gegen Morgen bessern und die Soldaten würden am Sonntagmorgen alle in der Garnison sein.

»Dieses Wetter wird sich nie bessern«, sagte ich.

»Doch, es wird besser; bald haben wir die klaren und kalten Herbsttage«, sagte Manfred.

»Die gibt es doch gar nicht mehr«, sagte ich.

Auch die Rönkkös vermuteten, dass das gute Wetter endgültig vorbei sei. Das Wetter habe sich verschlechtert, gleich nachdem die Großmächte begonnen hatten, in der Atmosphäre Atombomben zu zünden, und noch bevor man die Explosionen durch internationale Verträge hätte verbieten können, sei das Wetter schon endgültig verdorben gewesen. Die Wetterbedingungen des ganzen Erdballs hätten sich grundlegend geändert, und das gute Wetter sei stets außerhalb Europas. Von prächtigem Wetter höre man nur aus Amerika oder Neuseeland oder Sibirien, während zu uns die Tiefdruckgebiete kämen, die sich bei Island zu bilden pflegten, sofort nach Osten abwanderten und bald über ganz Europa waren.

»Heutzutage entstehen bei Island zwei Tiefdruckgebiete pro Tag«, sagte Mauri verbittert.

Jemand klopfte mit der Faust auf das Autodach. Manfred öffnete das Fenster. Draußen stand ein amerikanischer Soldat in Regenmantel und Helm und mit dem Gewehr in der Hand. Er befahl uns, vom Tor der Garnison zu verschwinden und uns zum Teufel zu scheren, andernfalls lasse er uns verhaften und zum Verhör bringen. Manfred fuhr sofort los. Wir wischten den Beschlag von den Fenstern, sodass wir wieder hinaussehen konnten. Ich fand, wir hätten dem Muschkoten sagen sollen, dass wir auf der Suche nach meinem Auto seien, das die Amerikaner gestohlen hatten.

»Einen gewöhnlichen G.I. interessiert das doch einen Dreck«, sagte Manfred.

»Du hättest das dem Diensthabenden Offizier sagen sollen«, bemerkte ich.
»Den hätte das auch nicht interessiert.«
»Wen interessiert es denn dann?«, fragte ich gequält.
»Niemanden«, sagte Manfred.
Ich fand Manfreds Worte herzlos, und sie bewiesen mir, dass ihm nicht wirklich daran lag, mein Auto wieder zu finden. Die Rönkkös trösteten mich und sagten, dass ihnen immer noch daran liege. Sie würden mich nicht im Stich lassen; sie waren es gewohnt, sich in der Wildnis um den Kameraden zu kümmern. Manfred fuhr jetzt eine schmale Straße entlang durch Dörfer und kleine Städte und über Hügel. Es wurde stockfinster, und wir sahen nichts als die Lichter der Häuser, die die Gegend nicht heller machten. Diese Lichter waren für die Leute gedacht, die in den Häusern wohnten, für Deutsche. In den Dörfern spiegelten sich die Straßenlaternen in der nassen Straße, die wir entlangfuhren.
»Wohin fahren wir?«, fragte Rauno.
»Zu Bekannten von Manfred zum Übernachten«, sagte ich.
»Ob die uns wohl etwas anbieten werden?«, fragte Rauno.
»Bestimmt.«
»Ich meine, wir könnten auch selbst was kaufen«, sagte Rauno.
»Habt ihr schon wieder Hunger?«, fragte ich.
»Hunger haben wir nicht«, sagte Rauno.

Mehr sprachen wir nicht, saßen lange schweigend da. Manfred fuhr und fluchte auf die Autofahrer, die ihr Fernlicht nicht abblendeten, bevor er selbst sie mit seinem eigenen Fernlicht anblinkte. Seine deutschen Flüche erschienen mir saft- und kraftlos.

»Zum Kuckuck, zum Kuckuck«, wiederholte er immer wieder. Der Ausdruck enthielt nach meinem Gefühl keinerlei Magie, und die Autofahrer machten sich nichts daraus. Der nasse schwarze Asphalt saugte alles Licht der Autoscheinwerfer in sich auf, reflektierte aber das Licht der entgegenkommenden Autos uns direkt in die Augen und vervielfachte die Blendwirkung. Einmal sah ich, dass wir uns auf einer Hochebene befanden, und unten im Tal sah ich im Regen auch die Lichter einer Stadt, zu der wir bald darauf hinabfuhren.

35

In Köln waren wir erst spät am Abend des darauf folgenden Tages. Wir brachten die Rönkkös zum Bahnhof und warteten mit ihnen zusammen auf den Zug nach Norden. Sie sagten, es sei schön gewesen mit uns: Die Zeit sei vergangen. Auch Manfreds Bekannte rühmten sie, besonders den Geiger, bei dem wir übernachtet hatten. Am Samstagabend hatte er uns auf seiner Geige viele Stücke vorgespielt. Ich wollte die Rönkkös nicht daran erinnern, wie sie den Geiger in der Nacht beim Revers gepackt und von ihm verlangt hatten, er solle solche Stücke spielen, die sie auch kannten, wie sie gebrüllt hatten: Schluss mit dem Gewimmer, und wie der Geiger vor Schreck versucht hatte, neue Schlager zu spielen, womit die Rönkkös aber auch nicht zufrieden gewesen waren.

Ich wollte sie auch nicht an den Dorfpfarrer erinnern, der gleich nach unserer Ankunft gekommen war und zwei Flaschen Weißwein mitgebracht hatte, eine seltene, ganz besondere Sorte; er hatte diese Flaschen am selben Tag aus einem hundert Kilometer entfernten Ort geholt, nachdem er gehört hatte, dass Manfred kommen würde. Der Pfarrer war in dunklem Anzug mit silbergrauer Krawatte im Haus des Geigers erschienen, in jeder Hand eine Flasche Wein, hatte erzählt, dass von diesem Wein jährlich nur einige hundert Flaschen produziert würden und dass er nur an einige wenige Kenner verkauft werde. In diesem Dorf galt er als ein solcher.

Die Rönkkös und auch wir anderen hatten den Wein schnell ausgetrunken, und der Pastor hatte dem traurig zugesehen und sein Glas in der Hand gedreht. Er hatte sich nicht gefreut, obwohl wir alle den Wein gut fanden und ihn lobten. Als die Flaschen geleert waren, hatte der Geiger seine eigenen Weine auf den Tisch gestellt. Er öffnete eine Flasche, probierte den Wein, behauptete, dass er schlecht sei, und warf die

Flasche aus dem Fenster, entkorkte eine andere, aber auch dieser Wein schmeckte ihm nicht, und er warf die Flasche in den Hof. So öffnete er alle seine Weinflaschen und warf sie zum Fenster hinaus: etwa zwei Dutzend Flaschen hatte er zu Hause gehabt. Als er sie alle hinausgeworfen hatte, gingen wir hinaus und sammelten die Flaschen vom Rasen auf. Sie lagen dort auf der Seite, und wir tranken, was noch darin war. Später gingen wir in die Dorfkneipe, den Abhang hinunter und über die Wiesen. Das Dorf war still, die Glockenschläge der Kirche und die Stimmen der Tiere waren unsere einzige Gesellschaft. Der Pastor kam nicht mit in die Kneipe, er sagte, er gehe seine Gemeinde betreuen. Er war enttäuscht; aber Manfred versprach ihm, bald mit seiner Familie wiederzukommen. Dann könnten sie in Ruhe den Wein genießen, den der Pfarrer besorgt hatte. Der Pfarrer erklärte, in diesem Jahr könne er keine einzige Flasche mehr aus dem Keller kaufen, aus dem er heute den Wein geholt hatte. Auch die Rönkkös wollten sich am Gespräch beteiligen und lobten den Pfarrer als einen angenehmen Mann und hervorragenden Weinbeschaffer.

In der Kneipe saßen wir bis spät in der Nacht, und Manfred traute sich erst am späten Nachmittag wieder ans Steuer.

Auf dem Bahnhof in Köln gaben die Rönkkös mir wieder die Telefonnummer ihrer Arbeitsstelle im Wald, zu der sie jetzt fuhren. Falls ich wieder in Schwierigkeiten geriete, sollte ich sie nur anrufen, und sie kämen sofort. Alle drei.

»Wir lassen einen Freund nicht im Stich«, versicherten sie nochmals, als sie schon auf der Plattform standen und der Zug sich in Bewegung setzte. Manfred und ich standen auf dem Bahnsteig und sahen zu, wie er langsam aus der großen Halle hinausfuhr. Die Rönkkös hatten das Zugfenster geöffnet, gaben mir letzte Ratschläge und winkten. Auch wir winkten.

Unterwegs hatten wir ein paar Mal bei Eija angerufen und erfahren, dass das Auto sich in Köln nicht hatte blicken lassen, und es war auch nicht da, als wir nach Hause kamen. Manfred erzählte, was wir erreicht hatten. Ich sagte, ich würde am anderen Morgen nach Frankfurt am Main fahren, wo die Buchmesse schon begonnen hatte, und versuchen, Saarelainen auf dem Messegelände zu finden. Ich müsse ihm alles erzählen. Eija sagte, sie habe beschlossen, in die Schweiz zu fahren.

»Ich bin für dich überhaupt nicht von Nutzen gewesen«, sagte sie.

»Wir haben es doch auch schön gehabt«, sagte ich.

»Wann?«, fragte sie.

Das wusste ich nicht, hatte auch keine Lust, darüber nachzudenken. Eija sagte, sie habe sich alles überlegt, während sie hier in Köln saß und wartete; um etwas von der Welt zu verstehen, müsse sie die Kurse besuchen, deretwegen sie auf die Reise gegangen war, und sich die Technik aneignen, mit der sie sich von dieser

Welt lösen und Klarheit darüber gewinnen könne, was hinter den Dingen steckte; sie habe immerhin schon so viel Erfahrung um zu wissen, dass das sehr angenehm sei und ihr ein unendliches Glücksgefühl verschaffe. Das sei möglich, wenn das Ichbewusstsein verschwinde und mit etwas so Großem verschmelze, dass man sich dem völlig hingeben könne.

»So etwas wünschst du dir?«, fragte ich.

»Ja«, sagte sie.

»Wie fühlt man sich denn da?«

»Als wäre man in Watte gepackt«, sagte Eija.

Morgens nahm Manfred mich auf dem Weg zur Arbeit mit zum Bahnhof. Lange wartete ich im Bahnhofsrestaurant auf den Zug nach Frankfurt. Der Zug war leer, und ich konnte in Ruhe bis Frankfurt sitzen. Ich rechnete mir aus, wie viel Schadenersatz Saarelainen von mir verlangen konnte, wie viel der Transporter wert war, und welchen Preis er für die Bücher veranschlagen würde. Ich hatte keinen Blick für die Schönheit der Landschaft, denn jetzt steckte ich in der Klemme.

Am Bahnhof in Frankfurt stellte ich meine Sachen ins Schließfach und machte mich auf den Weg zum Messegelände. Ein Taxi brachte mich zu einem großen Tor. Dort reihte ich mich in die Schlange ein und kaufte mir eine Eintrittskarte für das Messegelände. Viele Leute strömten zur Messe, und ich ging im Menschenstrom in Richtung auf die Hallen.

Schon von weitem sah ich Saarelainens Auto vor den

ersten Hallen stehen, dort gab es auch stoffverkleidete Bücherverkaufsbuden und überdachte Stände mit Verkäufern hinter den Tischen. Ich rannte los, prallte gegen Leute und war mehrmals nahe daran hinzufallen. Zornige Stimmen beschimpften mich, aber das war mir egal. Beim Auto blieb ich stehen. Die Amerikaner saßen in der Fahrerkabine. Als sie mich bemerkten, stiegen sie aus und gaben mir die Hand.

»Wie geht's?«, fragten sie. Ich sagte, das sei nicht die Frage.

»Gut, dass du gekommen bist. Wir wollten von hier so allmählich Richtung Köln fahren«, sagten sie.

Ich lief zum Heck des Wagens und öffnete die Tür. Dort war nicht ein einziges Buch.

»Wo habt ihr die Ladung gelassen?«, rief ich.

Die Amerikaner traten zu mir, klopften mir auf die Schultern und tätschelten mich. Ich stieß sie zurück, aber sie drängten sich wieder ganz nahe heran. »Nun sei doch nicht so nervös, Kumpel«, sagten sie.

»Das schadet der Gesundheit«, sagten sie.

Sobald ich wieder Luft bekam, fragte ich nach den Büchern. Die Amerikaner lachten und erzählten, sie hätten sie alle verkauft.

»An wen?«, fragte ich.

»Hierhin und dorthin«, sagten sie.

Ich glaubte ihnen nicht.

»Wer sollte denn so viele Bücher kaufen, und warum?«, fragte ich.

»Wer steht denn hier so weit links?«, fragten sie. Ich

setzte mich auf das Trittbrett des Wagens und zündete mir eine Zigarette an. Der eine Amerikaner ging zur Fahrerkabine und kam von dort bald mit zwei Plastiktüten zurück.

»Habt ihr denn Geld dafür bekommen?«, fragte ich.

»Na klar doch«, sagten sie.

»Wie viel?«

»Das geht dich nichts an«, sagten sie.

»Und ob mich das was angeht«, begann ich wieder zu schreien.

»Wie viel willst du dafür haben?«, fragten sie.

»Zwanzig Mark pro Band«, sagte ich.

»So wenig?«, fragten sie erstaunt.

»Das war der Preis für die Buchhandlungen.«

»Wir wollten dir dreißig Mark pro Band zahlen. Wenn zwanzig genug sind – okay«, sagten sie. Sie begannen, aus einer der Plastiktüten Geld abzuzählen, nahmen einige Zehnmarkscheine heraus und steckten sie sich in die Tasche. Dann gaben sie mir die beiden Plastiktüten und sagten, dass darin das Geld für meine Bücher sei. Ich warf einen Blick in die Tüten. Sie enthielten Unmengen von Zehnmarkscheinen.

»Was ist das für Geld?«, fragte ich.

»Das Geld für die Bücher«, sagten sie.

»Wieso ist das so ein Häcksel?«

»Das kann dir doch egal sein«, sagten sie. Was ich auch versuchte – sie waren nicht bereit, Genaueres zu erzählen, sondern behaupteten, das sei ehrliches Geld, und ich könne es verwenden. Sie erzählten, sie hätten auch

mein Auto verkaufen können, aber sie hätten es deshalb nicht getan, weil sie nicht wussten, ob ich damit nicht irgendwelche Gefühlswerte verband; der Wagen sei alt und wirke gut gepflegt. Sie warfen mir den Schlüssel zu. Ich fing ihn in der Luft auf und steckte ihn in die Tasche. Und als ich wieder nach ihnen sah, war es zu spät: Sie waren gegangen, ohne sich zu verabschieden, und in der Menschenmenge verschwunden, bevor ich noch irgendetwas fragen konnte.
Ich ging um das Auto herum auf die andere Seite und blieb einen Moment dort stehen. Jetzt hatte ich das Gefühl, Zeit zu haben. In der Nähe des Autos stand ein Verkaufstisch mit hohen Stapeln von Büchern. Ich sah, dass sich darunter auch einige Bände von Saarelainens Erzählungen befanden, zwei Mädchen in Bluejeans stellten sie gerade einem Kunden vor. Ich wollte schon gehen und fragen, wie Saarelainens Bücher dorthin gekommen waren, unterließ es jedoch, nachdem ich mir die Sache genauer überlegt hatte.
»Grüß dich, Eino«, sagte jemand hinter mir in reinem Finnisch. Ich drehte mich um. Da stand Saarelainen. Er sagte, aus Hannover habe ein gewisser Ruppmann angerufen und erzählt, dass die Bücher sich verkauften. Saarelainen hatte zugesagt, weitere Exemplare nach Hannover zu schicken. Das wunderte mich kein bisschen. In seiner Gesellschaft befand sich ein hoch gewachsener Mann. Saarelainen stellte ihn mir vor, aber sein Name erschien mir höchst sonderbar. Ich erzählte Saarelainen eilig, dass schon alle Bücher ver-

kauft seien und dass ich das Geld bei mir hätte. Saarelainen war sichtlich erfreut.

»Gab es größere Schwierigkeiten beim Verkauf?«, fragte er.

»Nein«, sagte ich. Saarelainen sagte zu seinem Begleiter, dass man finnische Literatur sehr wohl in Deutschland verkaufen könne, wenn man sich nur dahinterklemme, wenn man die richtigen Kunden ausfindig mache und die geeigneten Verkaufskanäle wählte. Saarelainens Begleiter ging zu dem Verkaufstisch, nahm dort ein Exemplar von Saarelainens Buch in die Hand und las ein Weilchen darin.

»Die Übersetzung ist gut«, sagte er.

»Das sagen alle«, sagte Saarelainen. Sie erzählten den Mädchen, dass Saarelainen der Autor des Buches sei. Die Mädchen sagten, sie hätten das Buch beide schon gelesen; ihrer Ansicht nach enthalte es viel Gutes. Sie baten Saarelainen, einige Exemplare zu signieren, und Saarelainen setzte seinen Namenszug in altbewährter Weise auf das Titelblatt.

Saarelainens Begleiter sagte, sie müssten jetzt hineingehen und den Deutschen weitere Bücher von Saarelainen vorstellen. Ich bat Saarelainen, wenigstens so lange zu bleiben, bis wir das Geld gezählt und geteilt hätten. Wir stiegen ins Auto. Saarelainen schüttete die Geldscheine auf einen Haufen und begann sie aufzuteilen, als hätte er nie etwas anderes gemacht. Es wunderte ihn nur, dass es so viele kleine Scheine waren.

»Klein sind die Brotstücke in der Welt«, sagte ich.

»Wie ist denn das Auto gelaufen?«, fragte er dann.
»Ganz gut«, sagte ich.
Saarelainen lud mich ein, mit ihm in die Messehallen zu kommen. Wir würden unseren Verkaufserfolg feiern, jetzt, da die Arbeit getan war. In den Ausstellungshallen gebe es mehrere Restaurants, die sich zum Feiern eigneten, und die Weine der Deutschen seien um diese Jahreszeit am besten. Einen Augenblick lang erschien mir das verlockend, aber ich ging trotzdem nicht mit und sagte, ich wolle jetzt sofort nach Travemünde und nach Hause fahren. Saarelainen widersprach mir nicht; er steckte sein Bündel Geldscheine in die eine Plastiktüte und ich meines in die andere, die ich wieder unter den Fahrersitz schob. Als wir uns verabschiedeten, fehlte nicht viel, und Saarelainen hätte gelächelt; er sagte, er sei sehr zufrieden mit mir, ich hätte mich als ein fähigerer Vertreter erwiesen, als er auf den ersten Blick habe vermuten können; auch ein guter Menschenkenner könne sich einmal irren, sagte Saarelainen, auch ein Schriftsteller.
Ich sah ihm nach, wie er erhobenen Hauptes den Hallen zustrebte. Als er in der Halle verschwunden war, verließ ich mit dem Wagen das Messegelände, holte mein Gepäck vom Bahnhof und suchte eine Straße nach Norden. Auf der Autobahn begann es zu regnen, und ich musste den ganzen Tag im Regen fahren. In Travemünde war ich erst spät nachts. Ich hatte keine Lust, ein Hotel zu suchen, und schlief im Auto.
Auch am nächsten Tag regnete es. Ich wartete den

ganzen Tag auf die Abfahrt des Schiffes. Und als das Schiff schließlich den Hafen verließ, folgte ihm der Regen und blieb bei uns, solange wir auf dem offenen Meer waren. Erst als wir uns Helsinki näherten, hörte er auf. Ich stand an Deck, sah zu, wie wir den Leuchtturm von Harmaja passierten, und betrachtete die Stadt. Jetzt schien die Sonne, und wenn auch die Luft nicht warm war, so war es doch angenehm, an Deck zu stehen. Die Sonne verklärte die ganze Stadt, ihre Häuser und die Kirchtürme und die roten Uferfelsen, die Bäume in den Parks und vielleicht auch die Menschen in den Straßen.

»Fern leuchtet das Land des Glücks«, sagte jemand neben mir. Ich blickte mich um und sah, dass eine Frau neben mir stand. Ich wollte sagen, dass dieser Vers aus einem Weihnachtslied stamme und dass bis Weihnachten noch lange hin sei, beschloss dann aber, den Mund zu halten. Ich wagte nicht mehr, mit irgendjemandem ein Gespräch zu beginnen.

Arto Paasilinna
Im Wald der gehenkten Füchse
Roman
BLT